名家真迹法书集

王福厂临金文六种

王福厂 书
戴丛洁 编

西泠印社出版社

前言

戴从洁

『金文』乃我国古代铸造、铭刻于青铜器上的文字之称谓。依据时间划分，金文文字大致可分为商朝金文、西周金文、东周金文以及秦汉金文等。而商周时期青铜器又多为『钟』『鼎』制式，故『金文』又有『钟鼎文』之称。金文大多字形秀美、线条婉曲、结构变化丰富，历代书家多从中取法，王福厂先生亦是如此。

由于古之金文皆为铸造或铭刻，而非墨迹，故后世书家临书多存己意，王福厂先生即是如此。王福厂先生所临金文，多取金文之字法，参以具有个人风格的书写线条，作品端庄温雅。在临写过程中，王福厂并不刻意遵从原作，书作中常有将个别字形稍作变通之举，可谓师古而不泥古。其所临金文作品多为节临，节临过程中亦常有省字、漏句之情况。此其临书之特点。

本册所编《王福厂临金文六种》，分别为王福厂所书《节临〈曶鼎〉铭文》立轴、《节临〈楚余义钟〉铭文》立轴、《临〈效卣〉铭文》立轴、《节临〈矢乍（作）丁公敦〉盖铭文》立轴、《节临〈录伯戎（䧹）敦盖〉铭文》中堂、《临〈虢季子白（伯）盘〉铭文》成扇等六件作品。其中《节临〈曶鼎〉铭文》《节临〈楚余义钟〉铭文》为《王福厂篆书四屏》中之二屏，《节临〈楚余义钟〉铭文》中钤『福厂五十后书』朱文印，可知此二屏皆为王福厂五十岁后所书。其余各件皆钤有王福厂六十岁后之印记。五六十岁这段时间，正是王福厂先生创作的鼎盛时期。此六件作品虽皆为临写金文之作，然风格面貌多样，如《节临〈楚余义钟〉铭文》立轴，所临乃楚国文字，字体奇肆、纤细而刚毅，为王福厂先生所临金文之精品。《临〈虢季子白（伯）盘〉铭文》

成扇用笔圆润，可谓笔精墨妙，下部附以楷书释文。王福厂临金文附书释文的情况不多见，一扇钤七印，亦可见为其铭心之品。

因古文字辨识与研究的发展和时代认知的不同，青铜器的名称发生过一些变化。我们在书中所附的青铜器拓片图侧，以当今学术界普遍认可的器物名标注，并以方头括号【】标注临写者所释名称。作品名仍依据临写者题款中之器形称谓列之。如『录伯𢦔簋盖』，王福厂先生临书落款署为『录伯戒敦盖文』，故作品名作《节临〈录伯戒（𢦔）敦盖〉铭文》。由于部分临写的作品为节临，为便于阅读，我们对所附青铜器拓片图作了亮度区分，未临写部分为灰色，以示区别。金文文字不易识别，常有存在争议的情况。在释文过程中，对未能找到与之对应的现代字形的字，我们依据金文字形中的部首、结构，并参考《殷周金文集成》《金文编》《陕西金文集成》《商周金文选》《商周金文录遗》等书进行造字，以红色字体呈现，以示区别。另有一些字，有与之对应的现代字形，但变化较大，我们在释文中采用现代字形，同时在注释里提供原字形，以方便读者识读。其中存在争议者，供大家讨论。对于临写漏字或原器物破损缺字等情况，我们以方括号[]表明。

『名家真迹法书集』丛书，是以名家真迹为底本，原色原大呈现单字的法书字帖系列。本系列字帖旨在尽可能真实地展现书法家原作之风貌。本丛书第一册《王福厂铁线篆五种》上市发行后，深受广大读者欢迎。今又受西泠印社出版社之托，以笔者自藏及友朋所藏王福厂临金文书作，甄选精品，编成『名家真迹法书集』系列丛书第二册《王福厂临金文六种》，以飨同好。在本书出版之际，同时也感谢赵裕军先生、何华峰先生、徐律先生的大力支持和帮助。

目录

西周中期　曶鼎

名称　节临《曶鼎》铭文

尺寸　一四二点五厘米×三三厘米

释文　隹（唯）王四月既省（生）霸，辰在丁酉，井叔在异，为[口口]，吏（使）厥小子究[一]以限讼于井叔，我既卖（赎）女（汝）五[夫，效]父，用匹马束丝。限许曰：既则卑（俾）我赏（偿）马，效[父则]卑（俾）复厥丝[束]。贀、效父乃许䜌。临《曶鼎》铭文。福厂王禔。

钤印　琅邪郡（朱）　王禔私印（白）　福厂居士（朱）

注释　[一]原字形为『[illegible]』。

隹王三
月既生

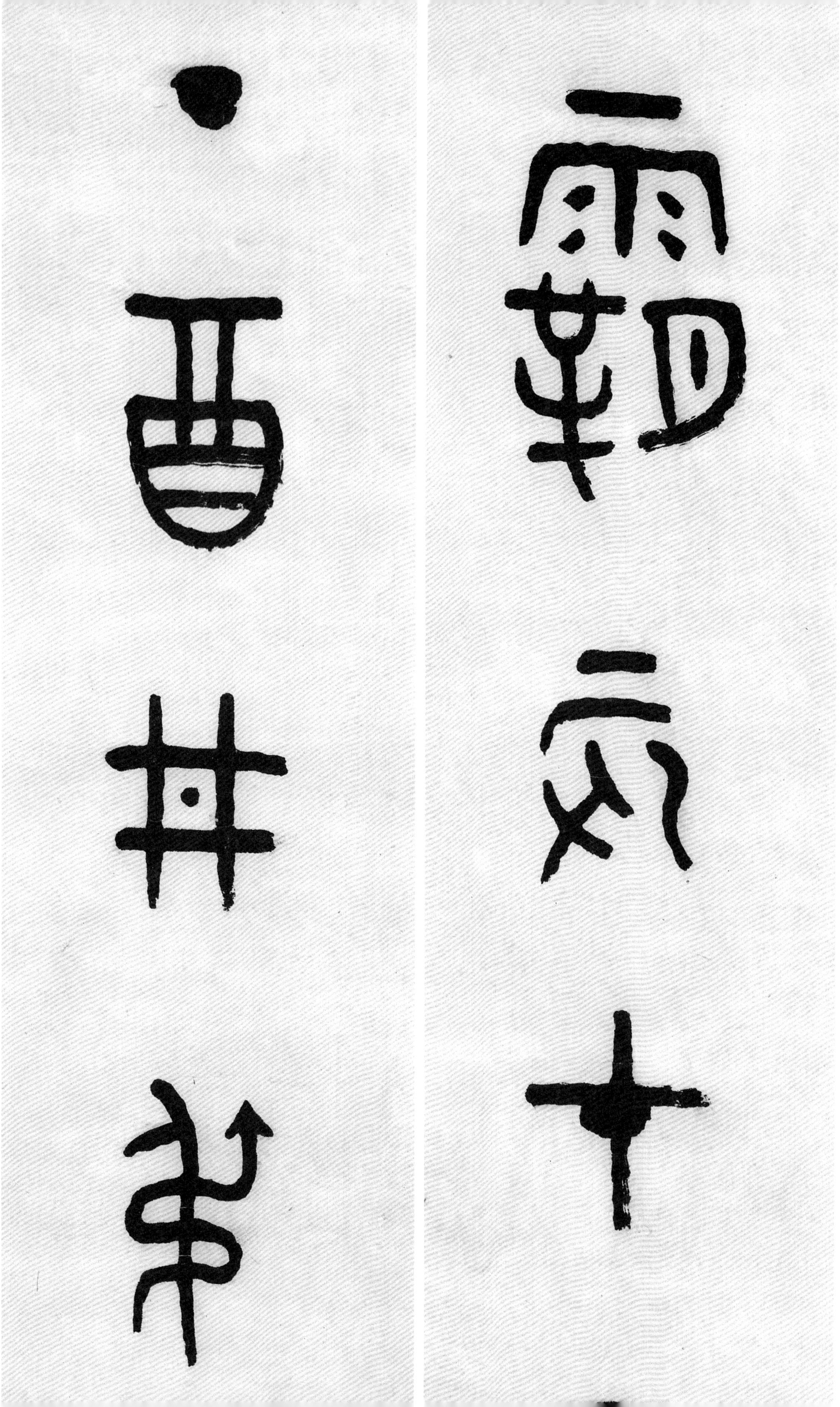

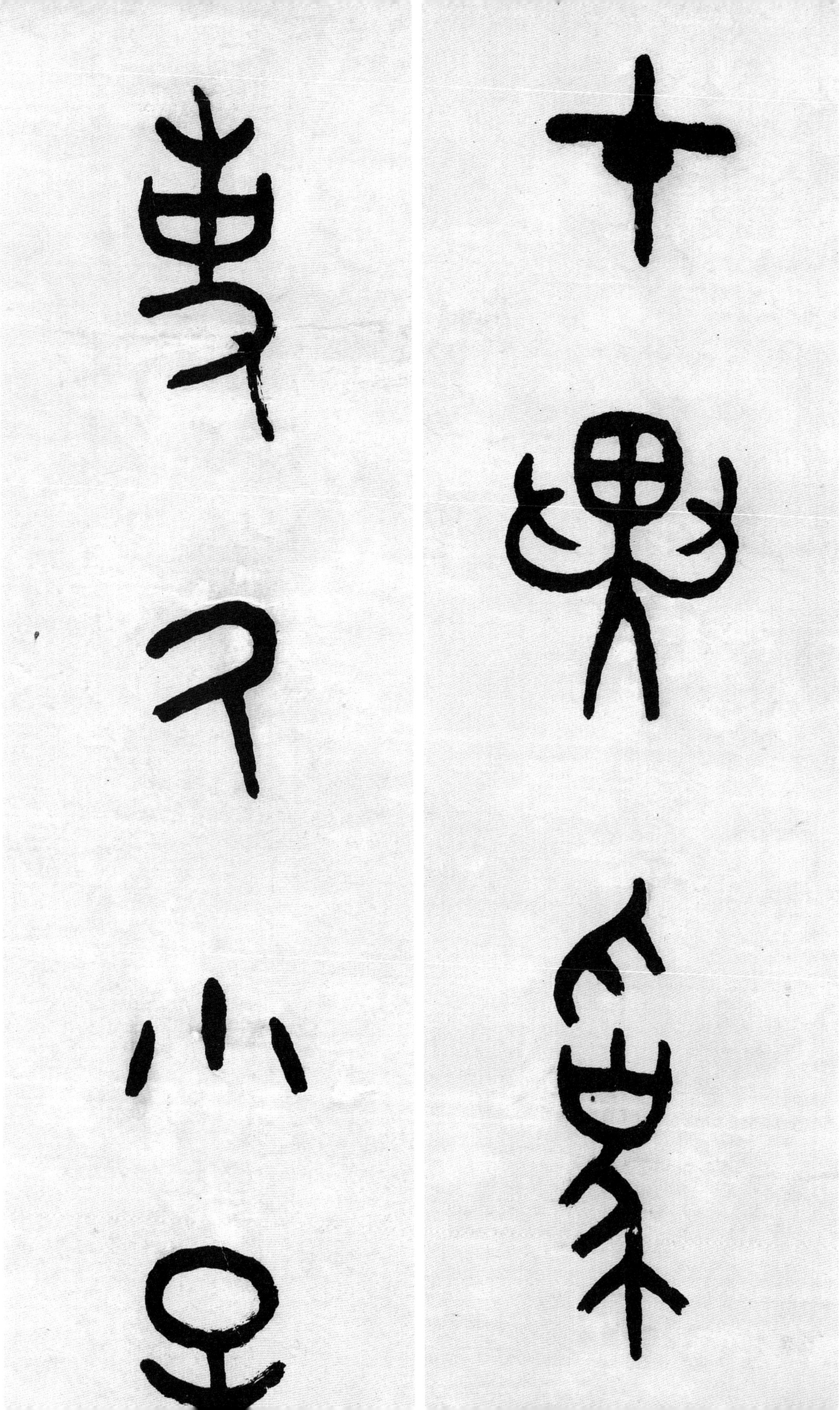

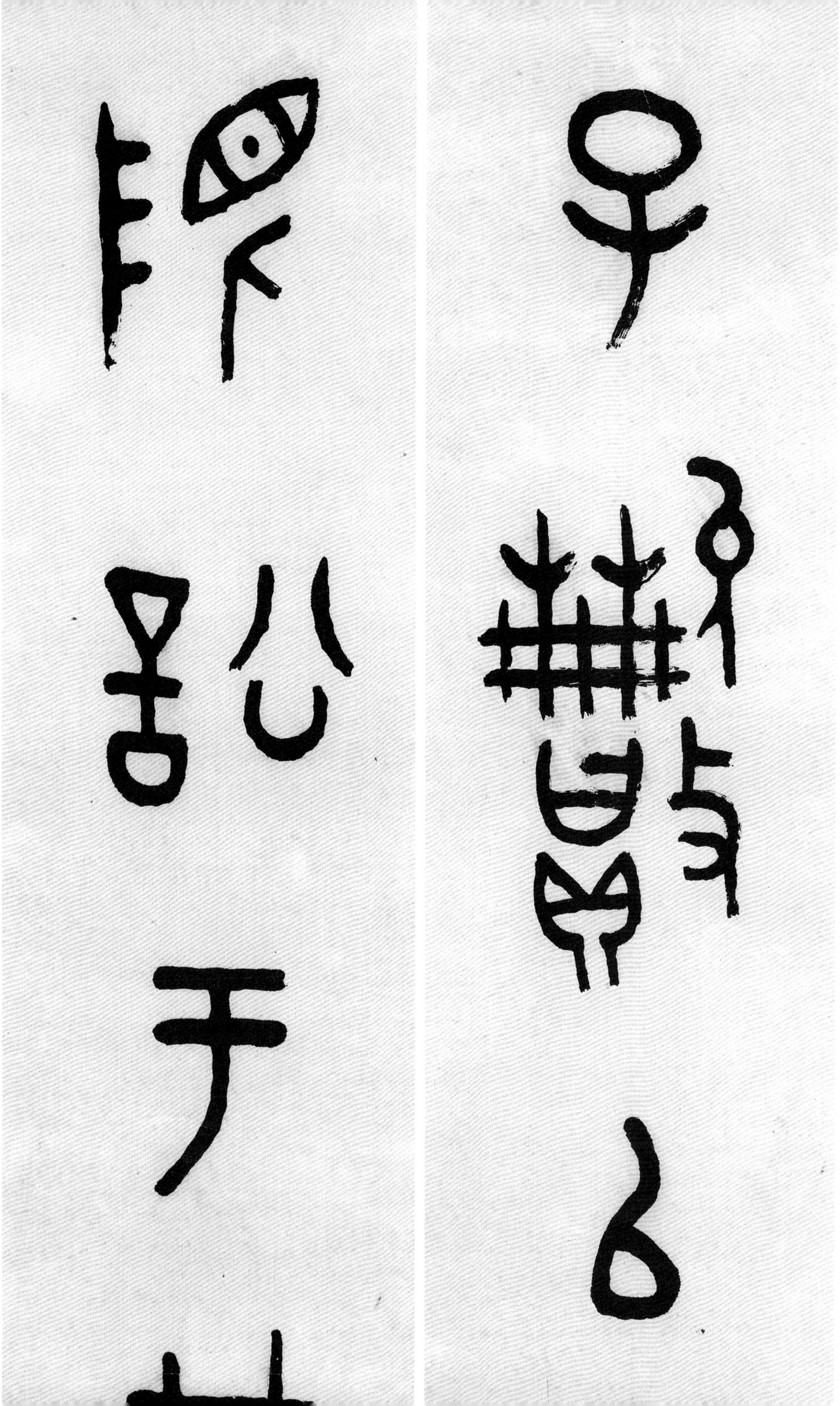

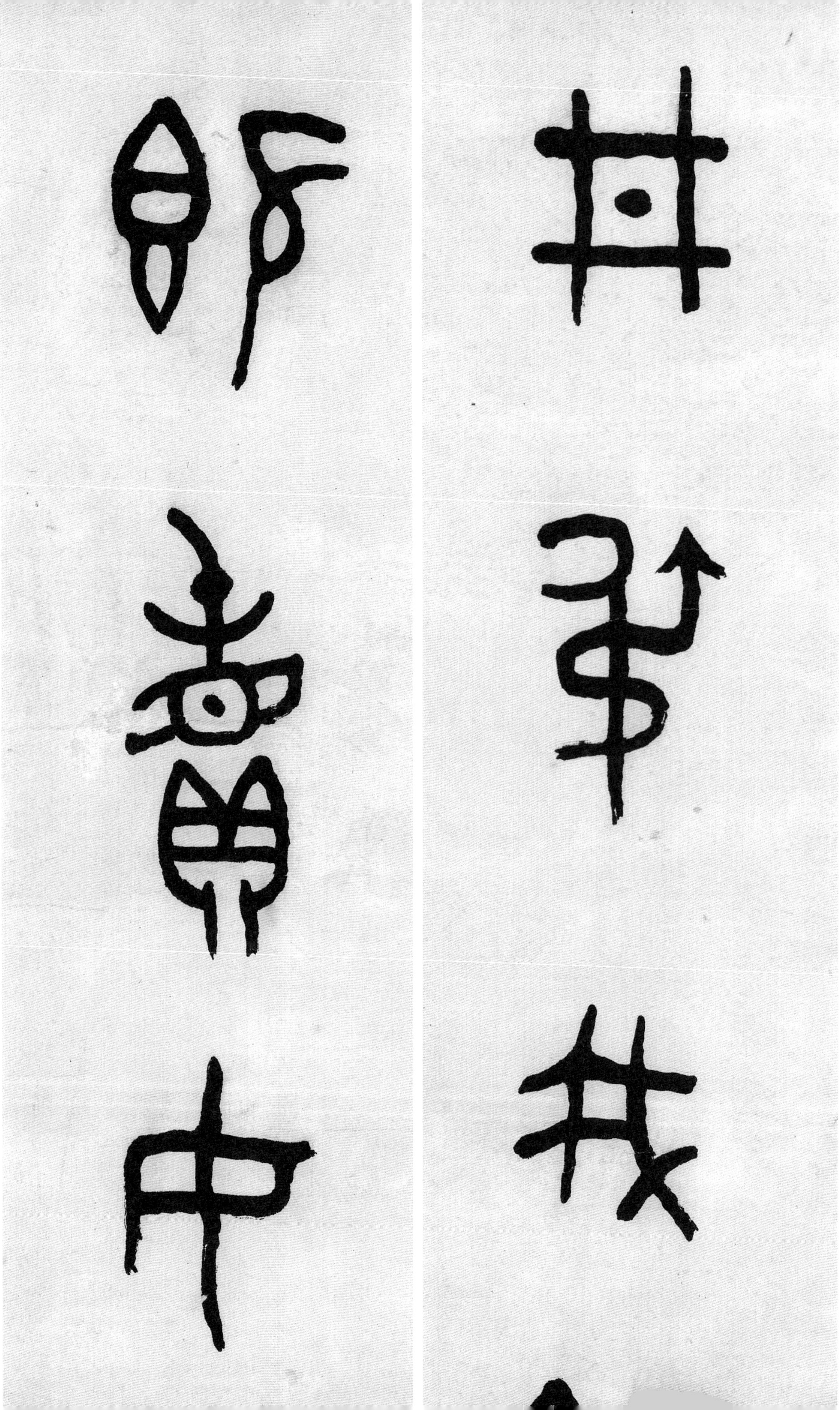

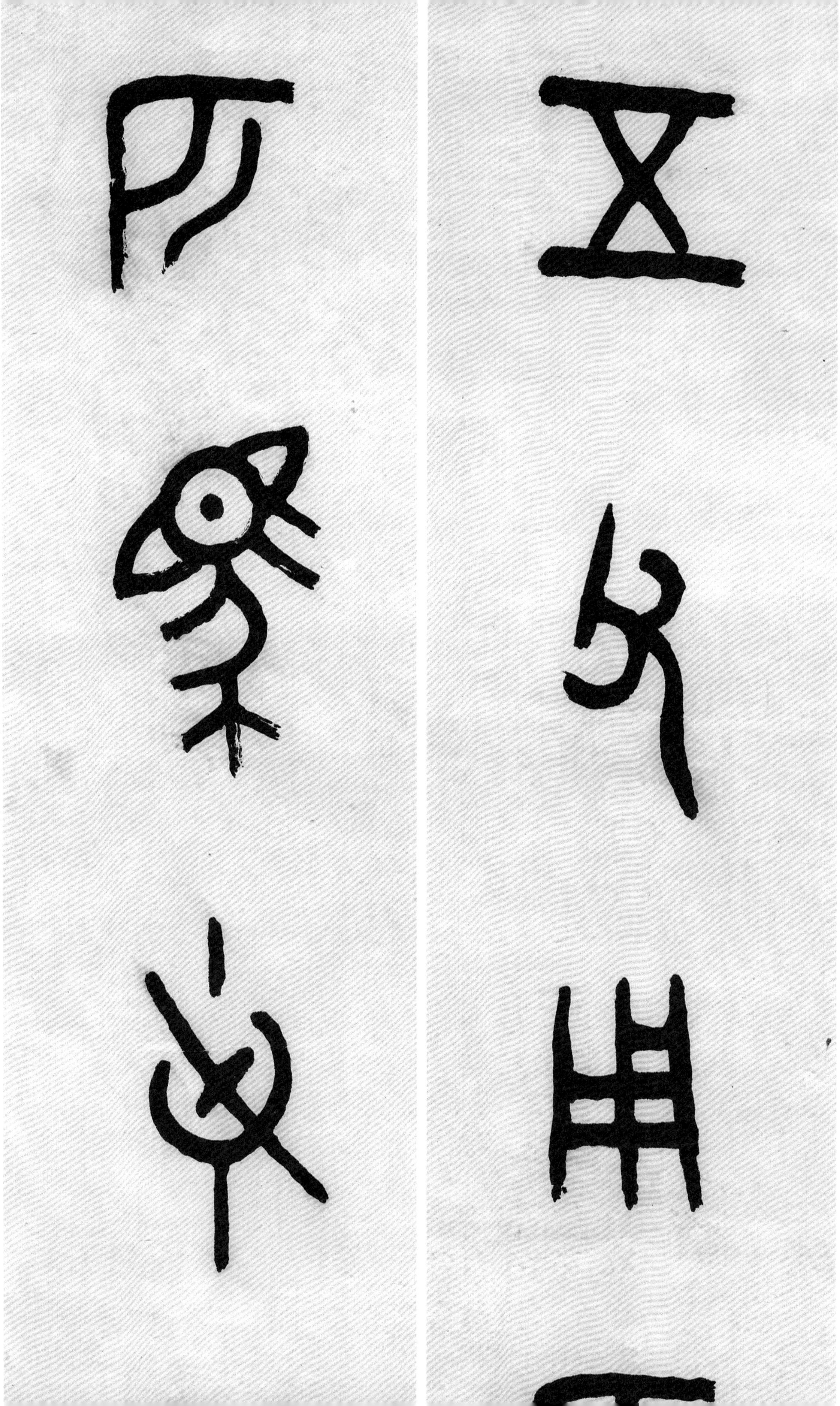

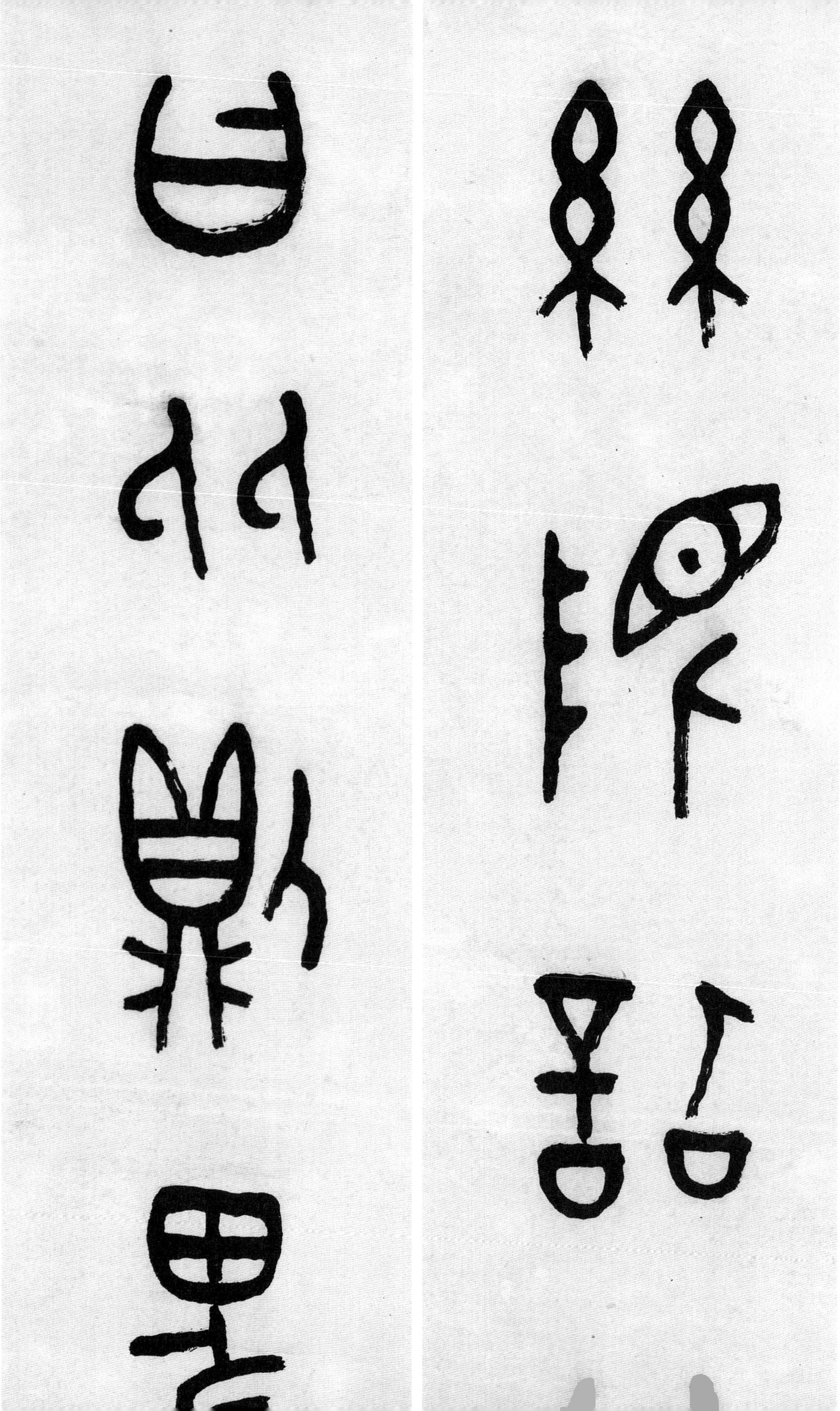

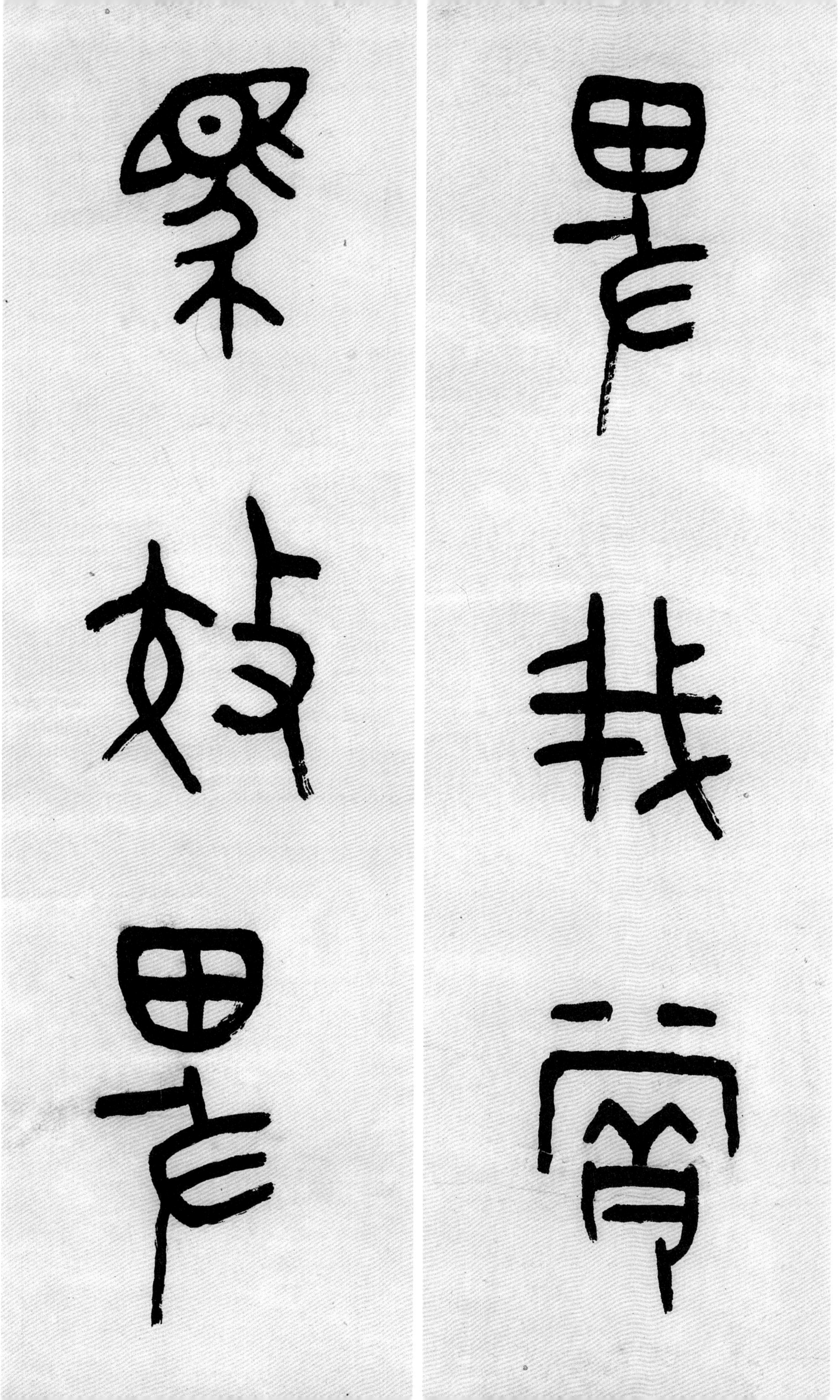

竺

敔

攺

亯

弓

絲

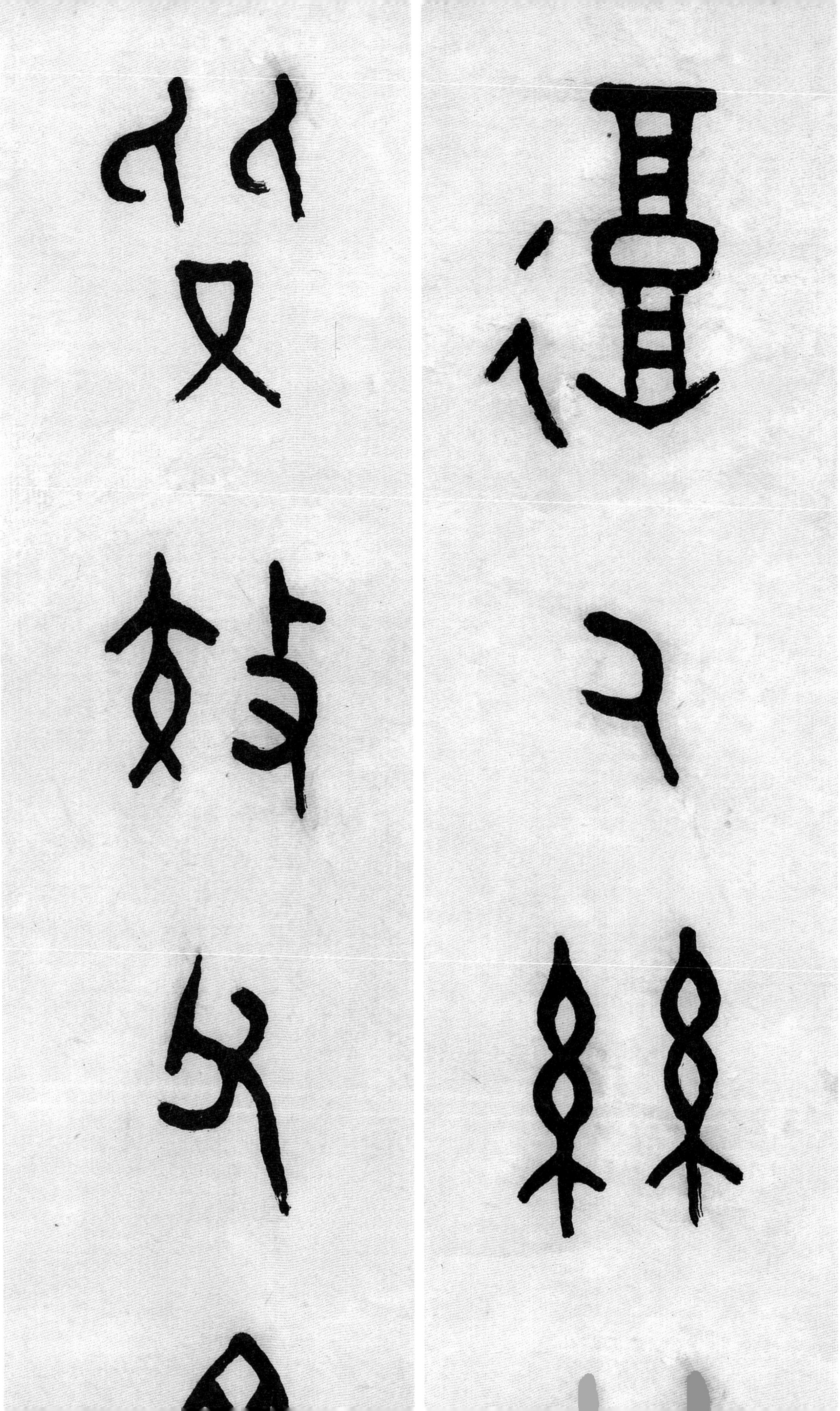

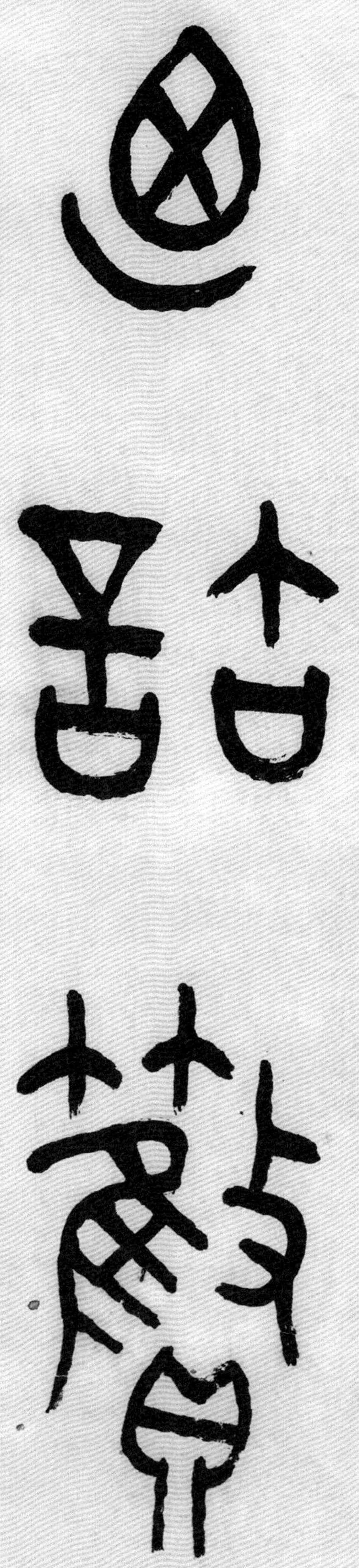

臨曶鼎銘文

福厂王禔

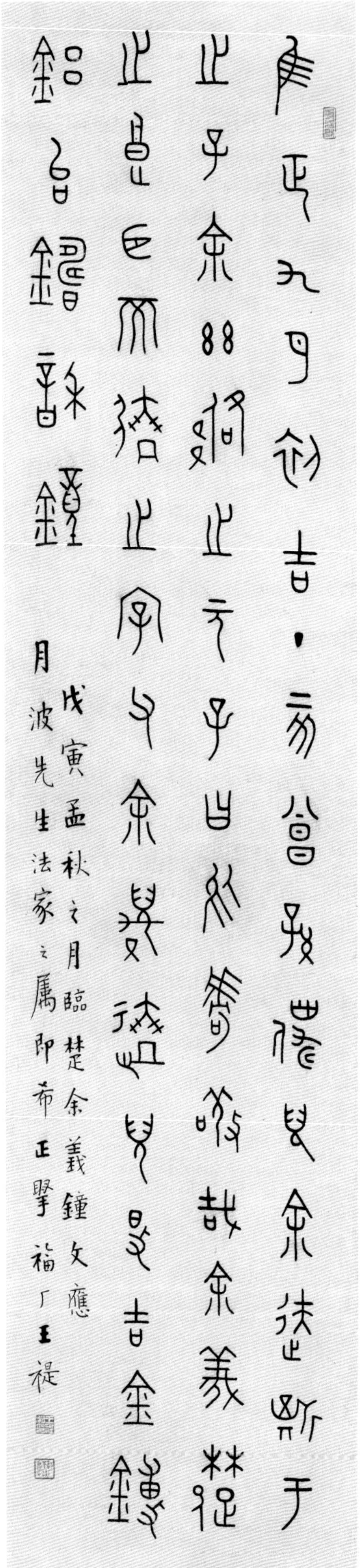

名称 节临《楚余义钟》铭文

尺寸 一四二点五厘米×三三厘米

释文 隹（唯）正九月，初吉丁亥，曾孙仆儿，余迭斯于之子（孙）。余兹咎之元子，曰：『于（乌）虖（呼）敬哉，余义楚之良臣，而逑之字［慈］父，余赒逑儿，得吉金镈铝，台（以）铸和[一]钟。』

戊寅孟秋之月，临《楚余义钟》文，应月波先生法家之属，即希正腕。福厂王禔。

钤印 琅邪郡（朱） 王禔私印（白） 福厂五十后书（朱）

注释［一］ 原字形为『訸』。

春秋晚期　余賸逨儿钟【楚余义钟】

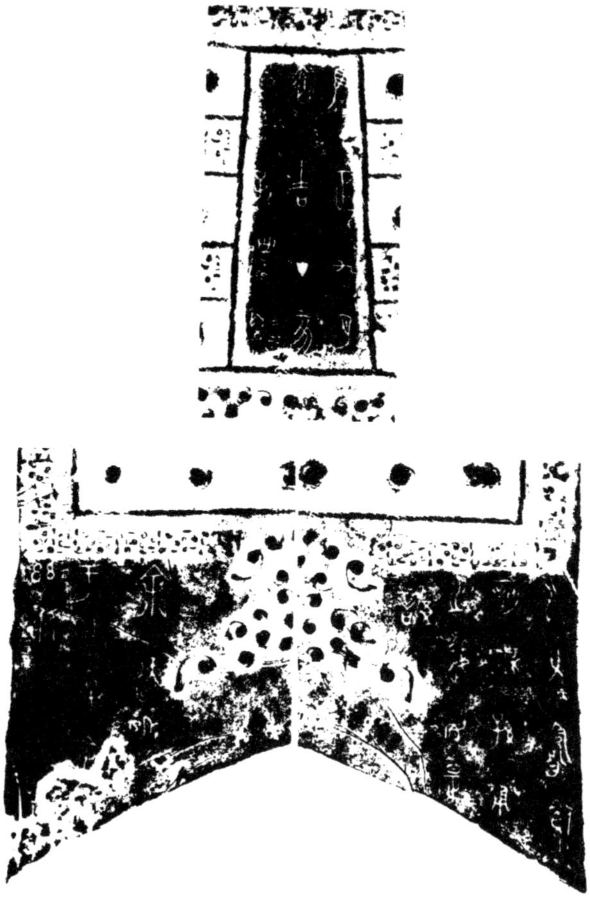

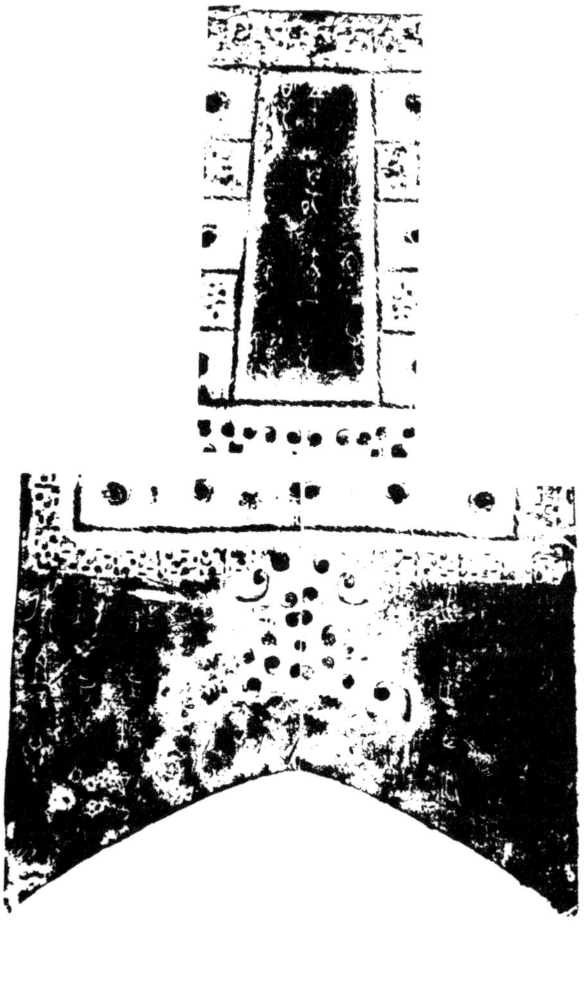

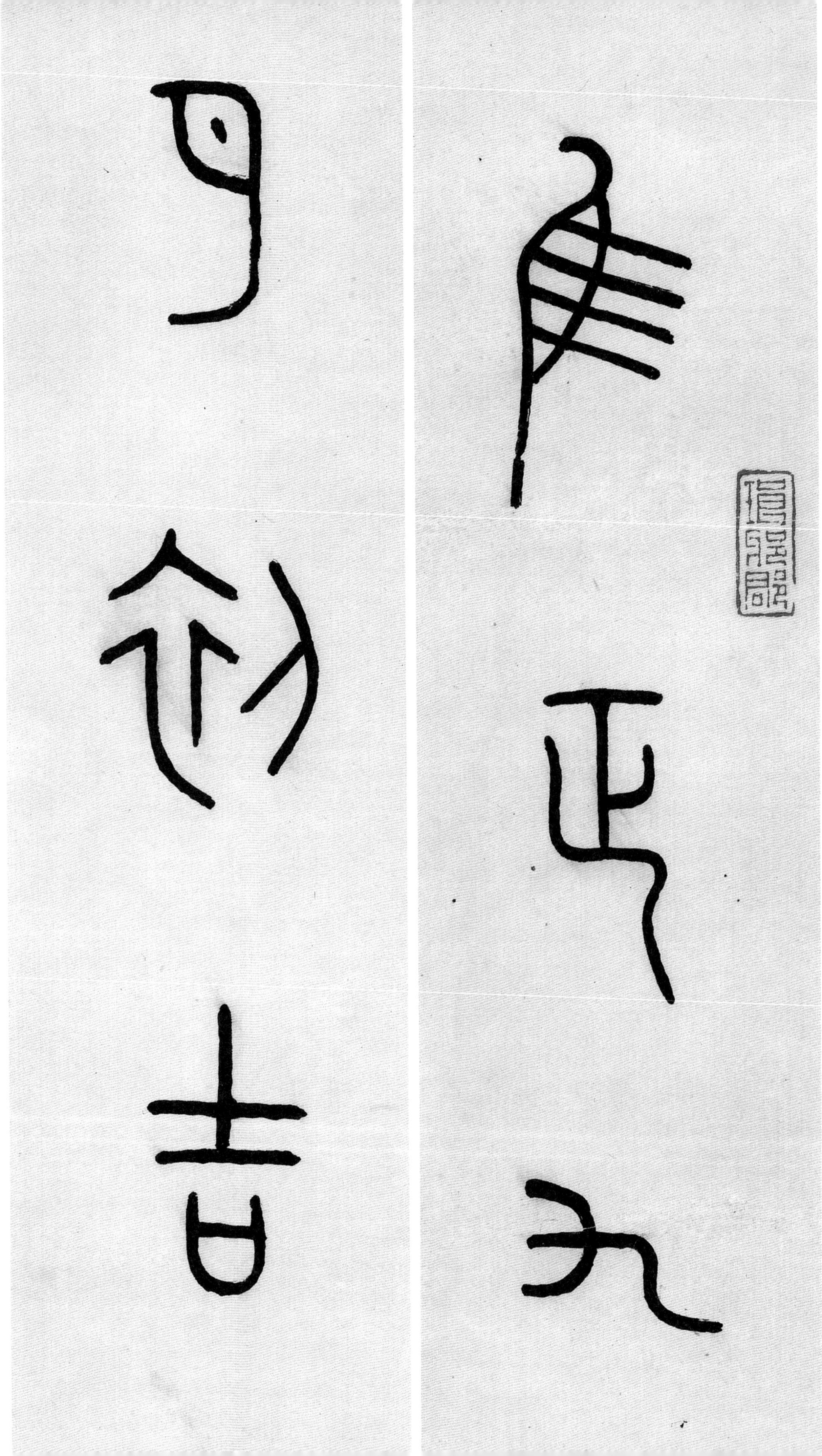

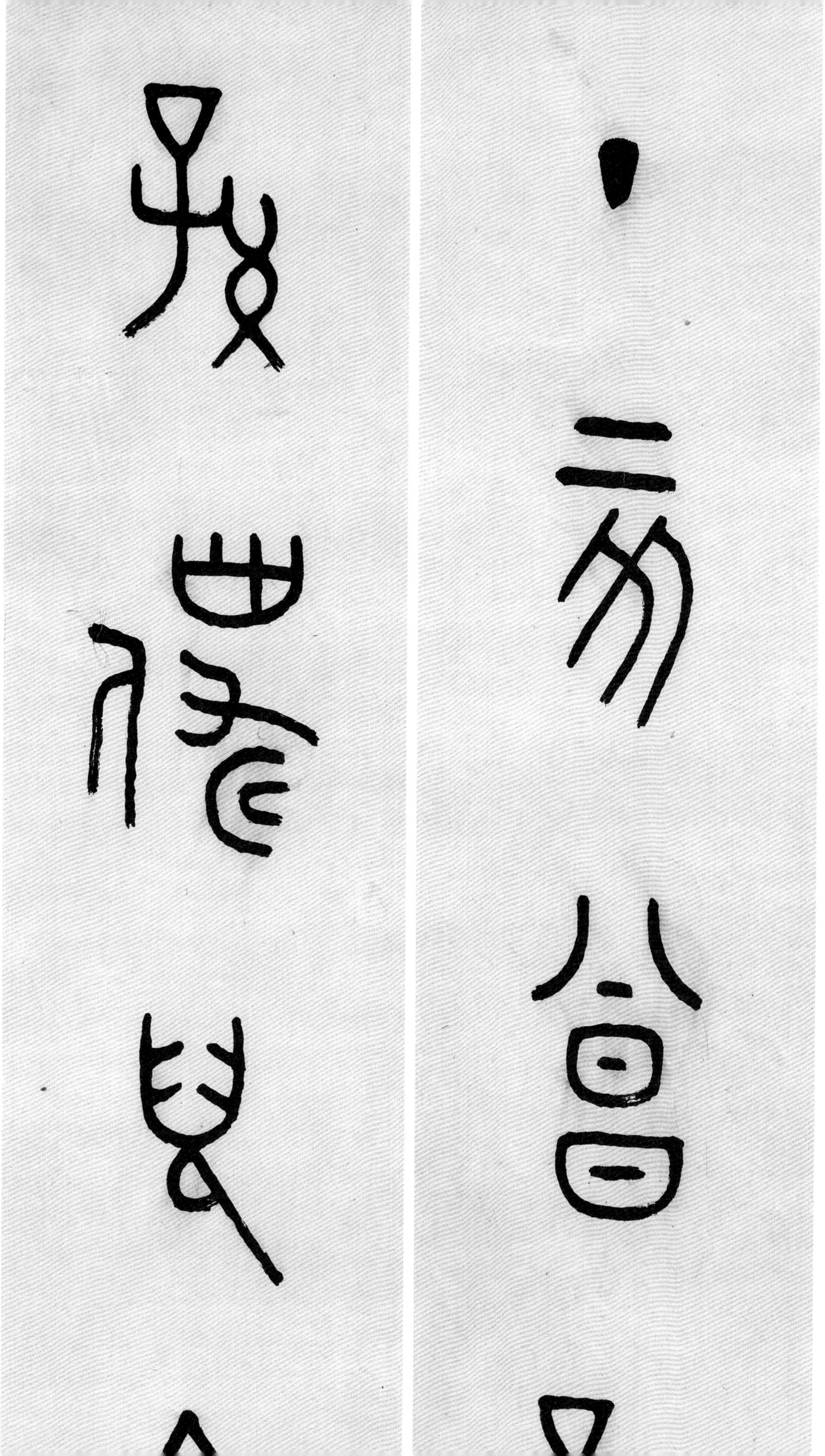

余徒斯

于之子

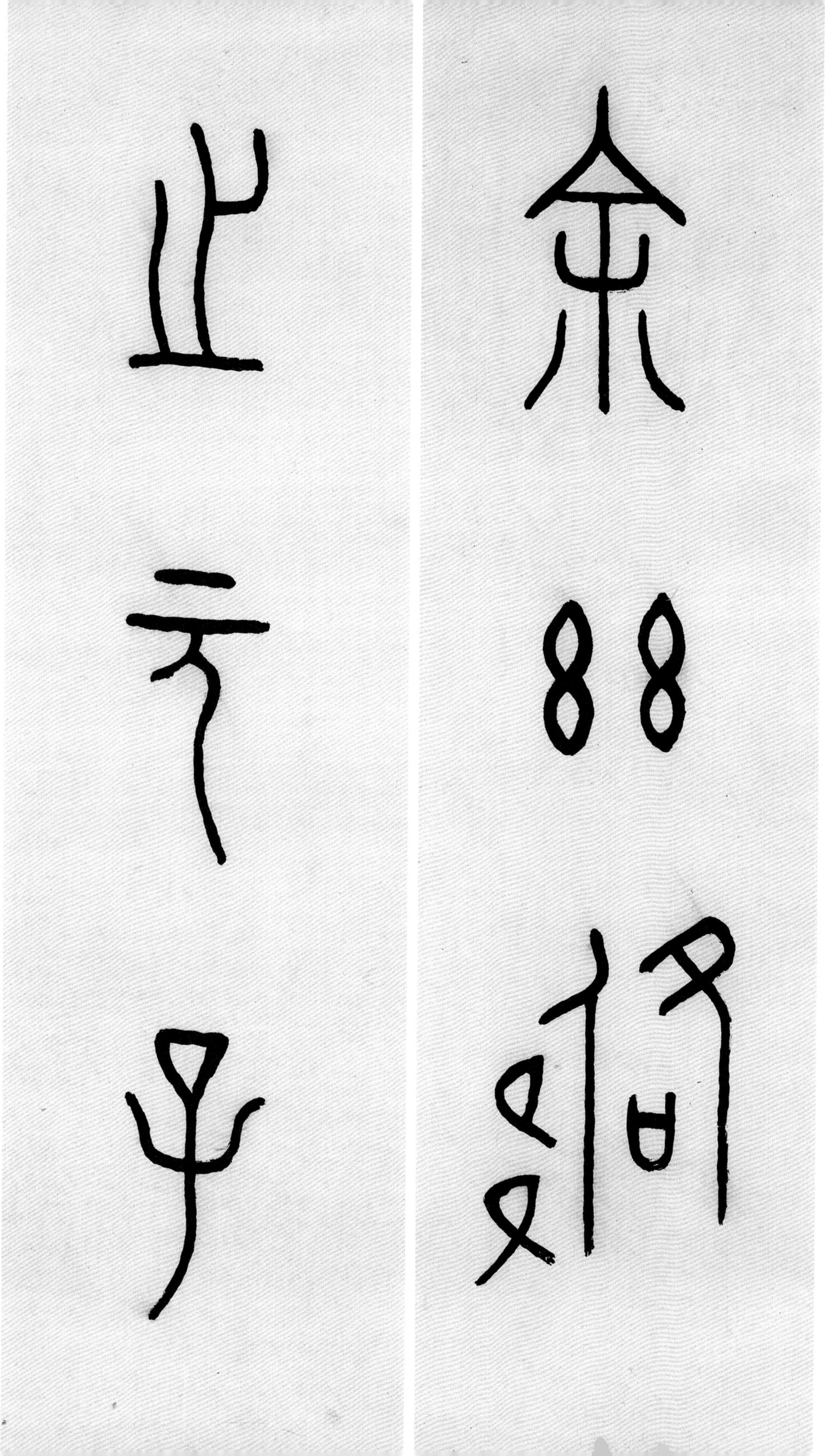

曰

後哉

哉

余

羊

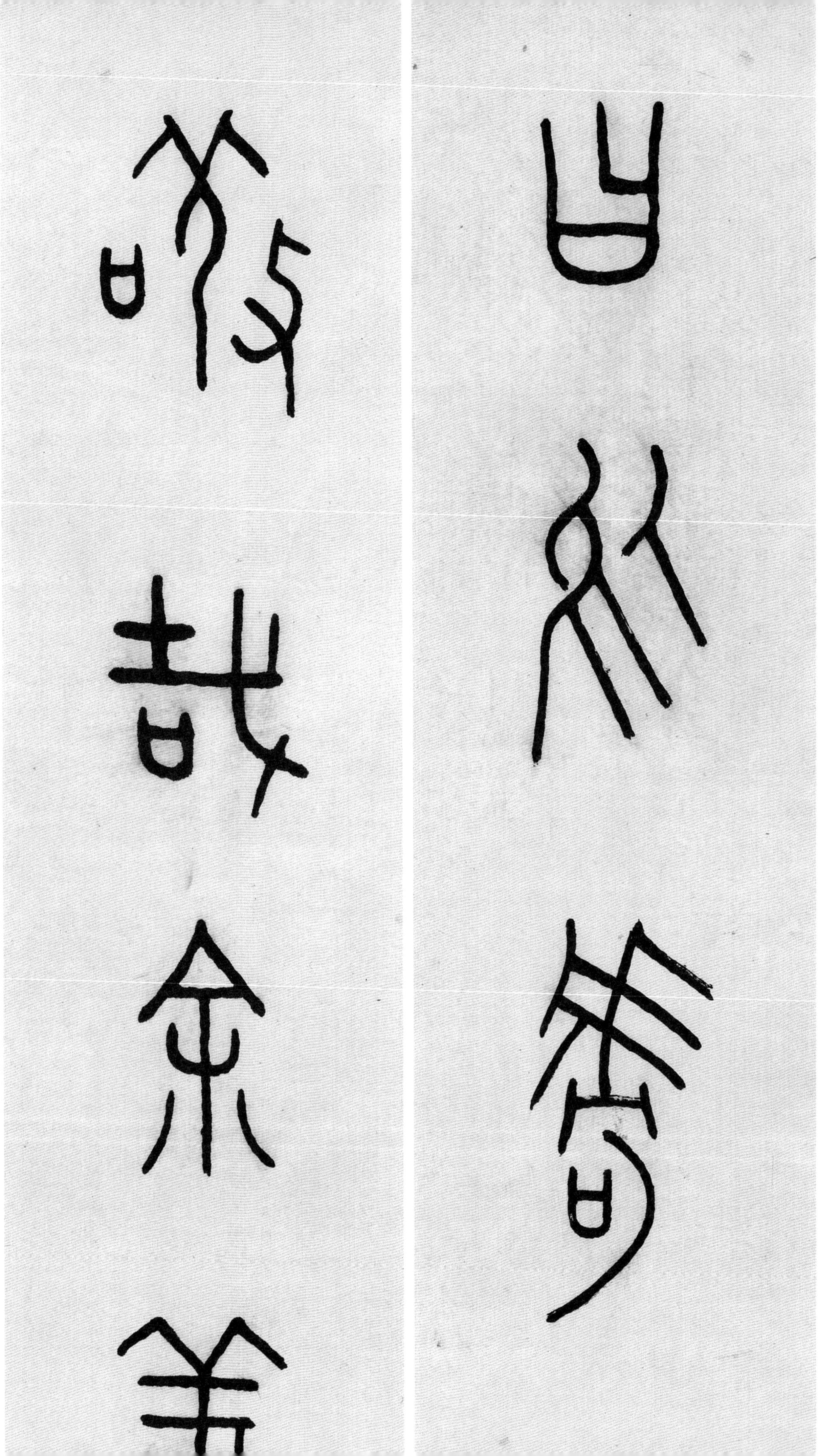

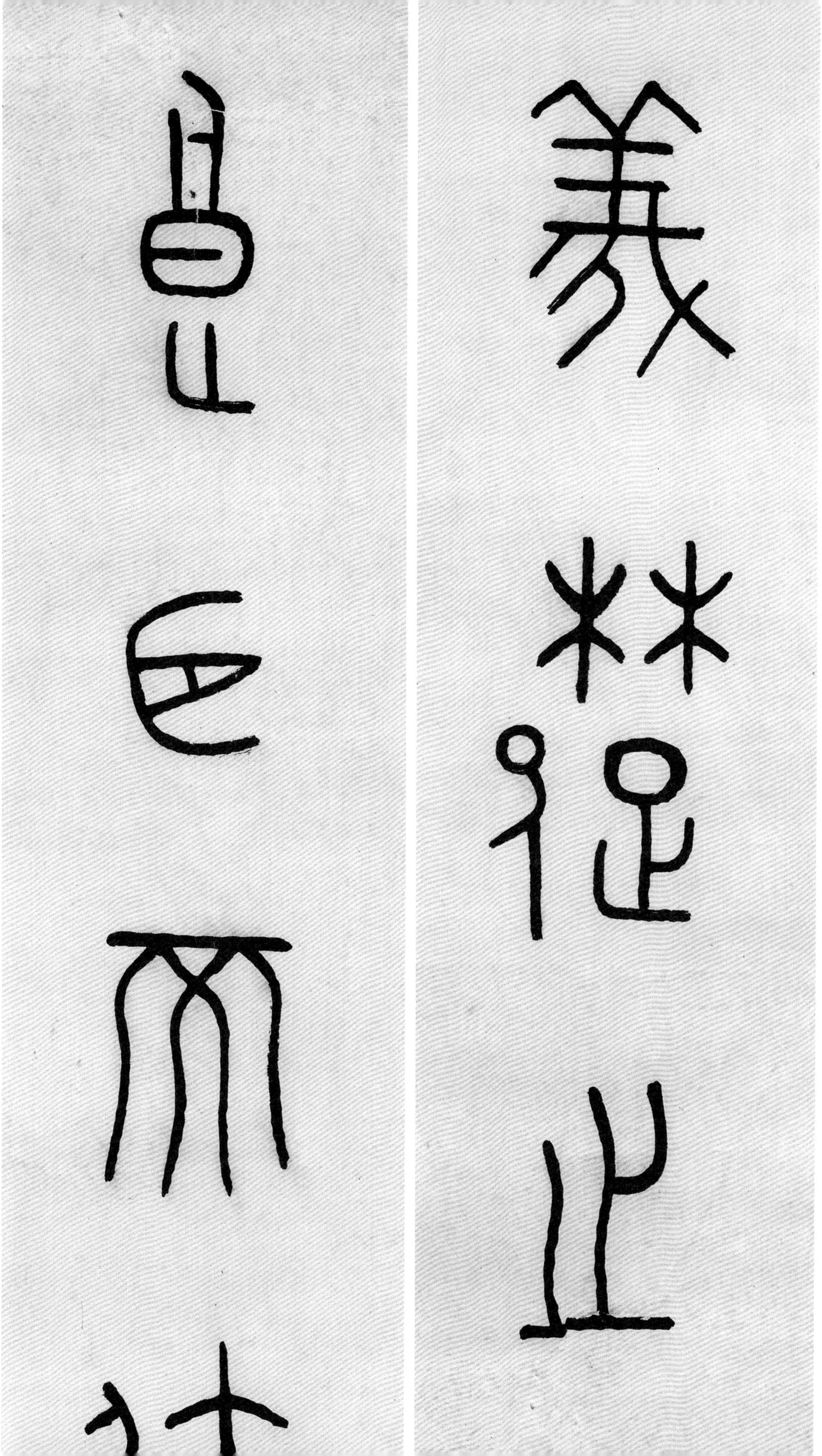

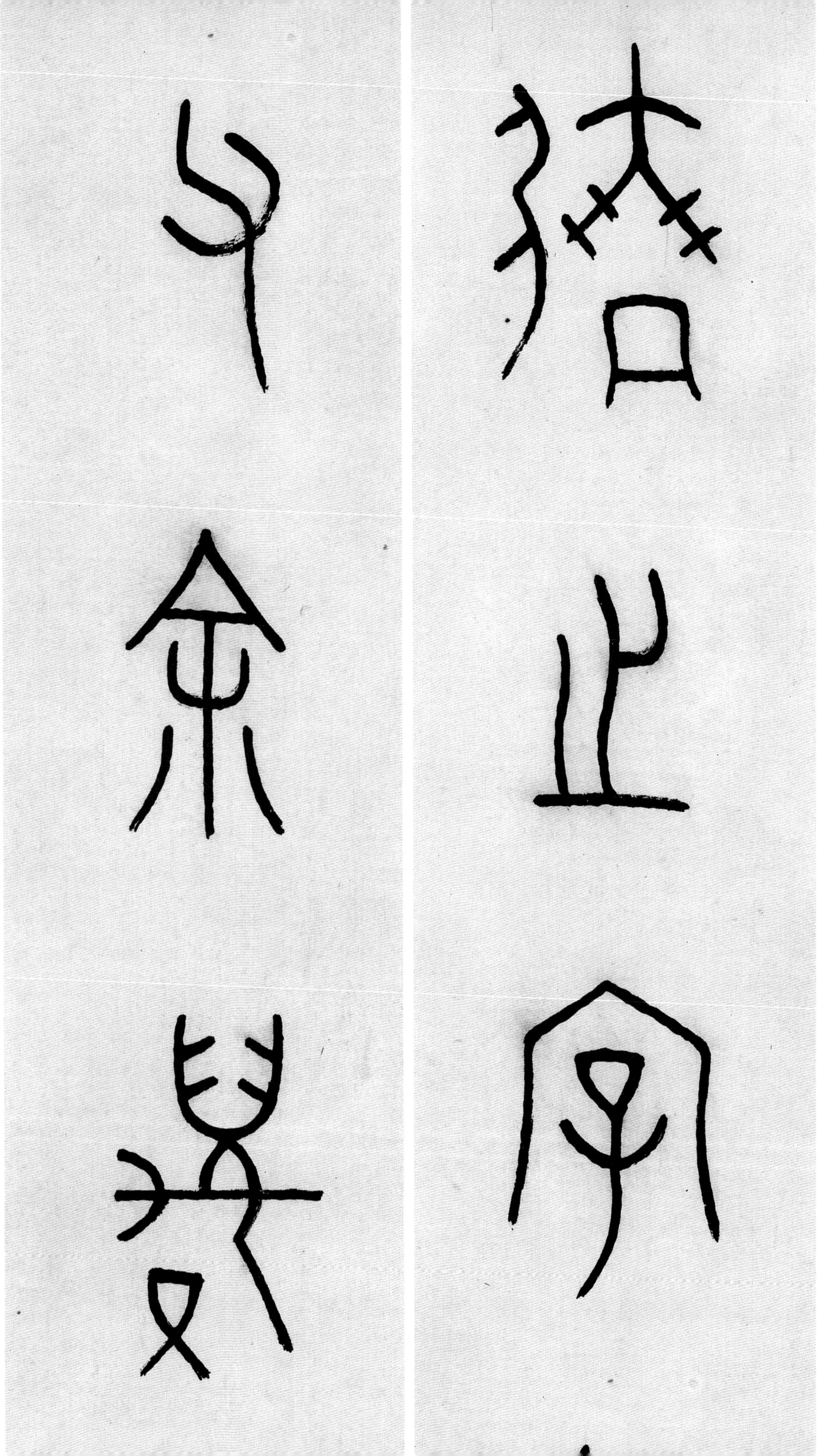

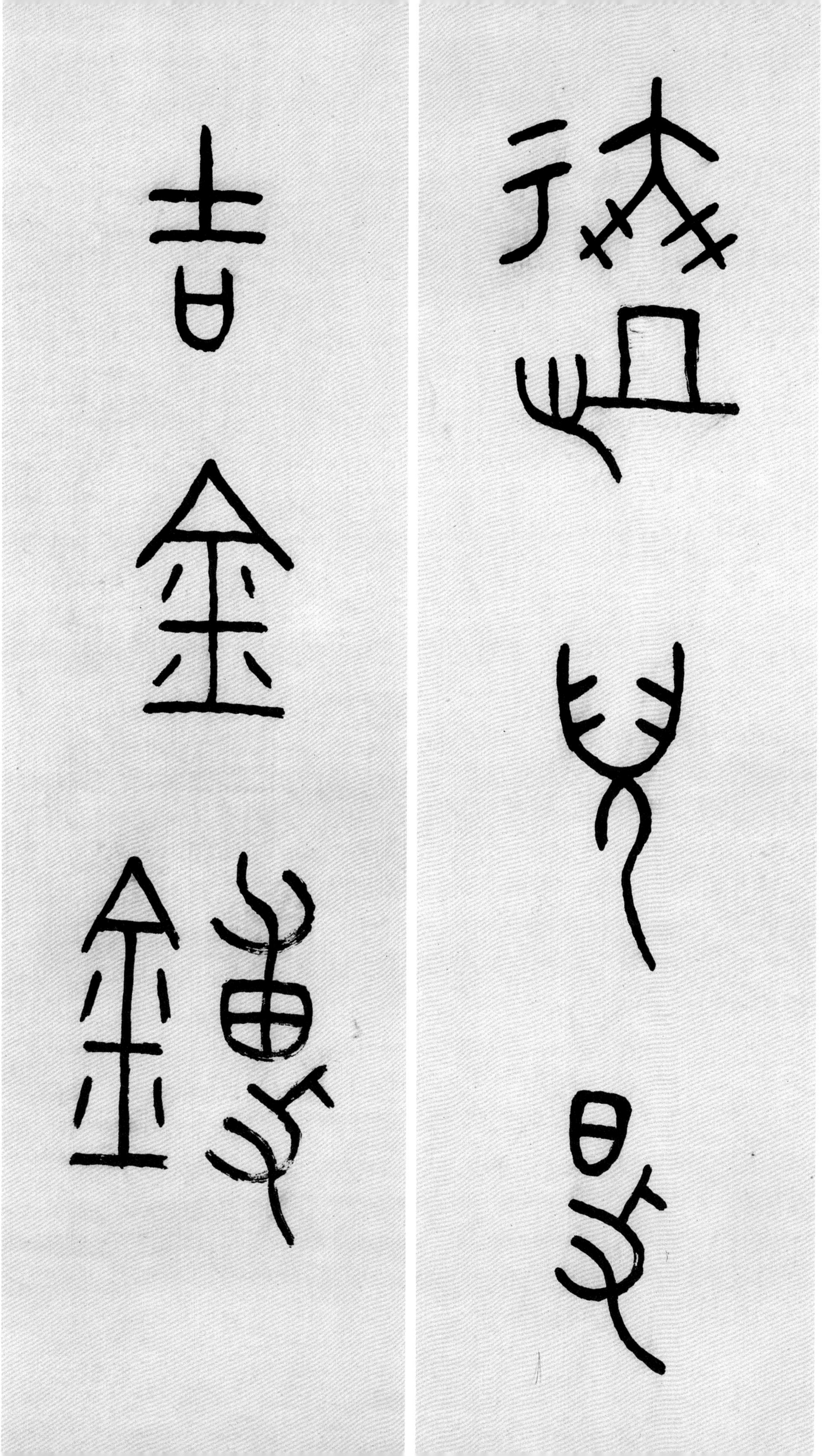

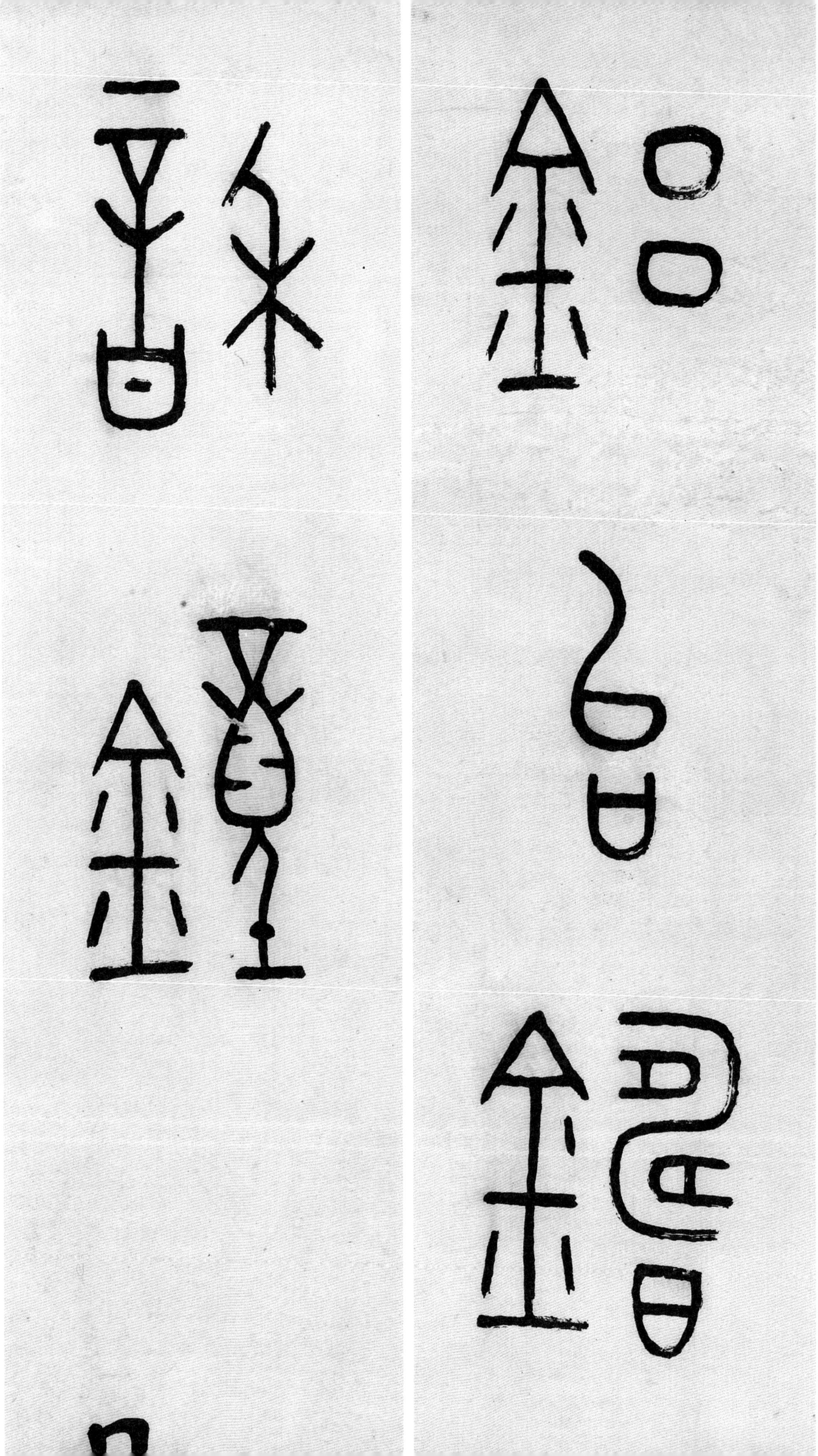

戊寅孟秋之
月波先生法家
月臨楚余羲鍾
之屬即希正擘

文應

福厂王禔

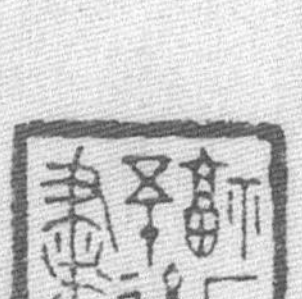

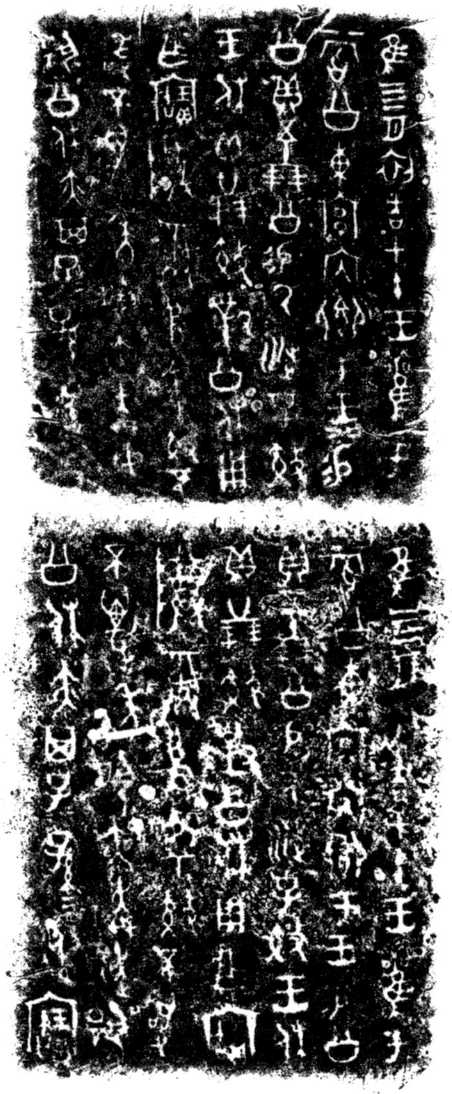

西周中期　效卣

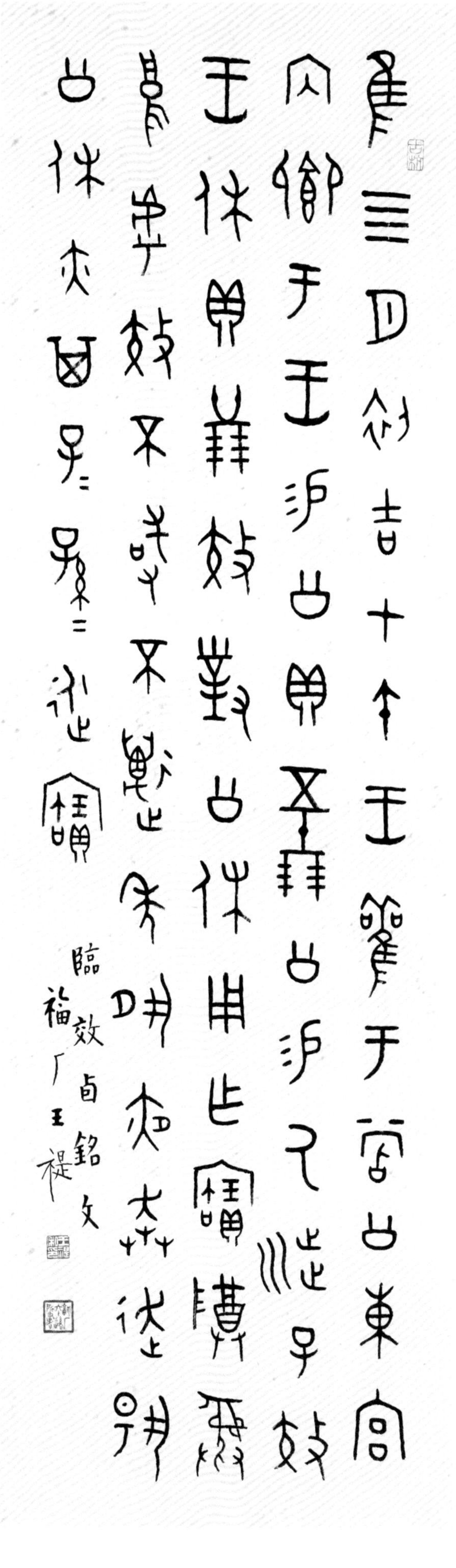

名称　临《效卣》铭文

尺寸　一〇九厘米×三三厘米

释文　隹（唯）四月初吉甲午，王雚（观）于尝，公东宫内（纳）飨于王。［王］易（赐）公贝五十朋，公易（赐）厥涉（世）子效王休贝廿朋，效对公休，用乍（作）宝尊彝。乌虖（呼），效不敢不迈（万）年夙夜奔走扬公休，亦其子子孙孙永宝。

临《效卣》铭文。福厂王禔。

钤印　古杭（朱）　王禔私印（白）　福厂六十后所书（朱）

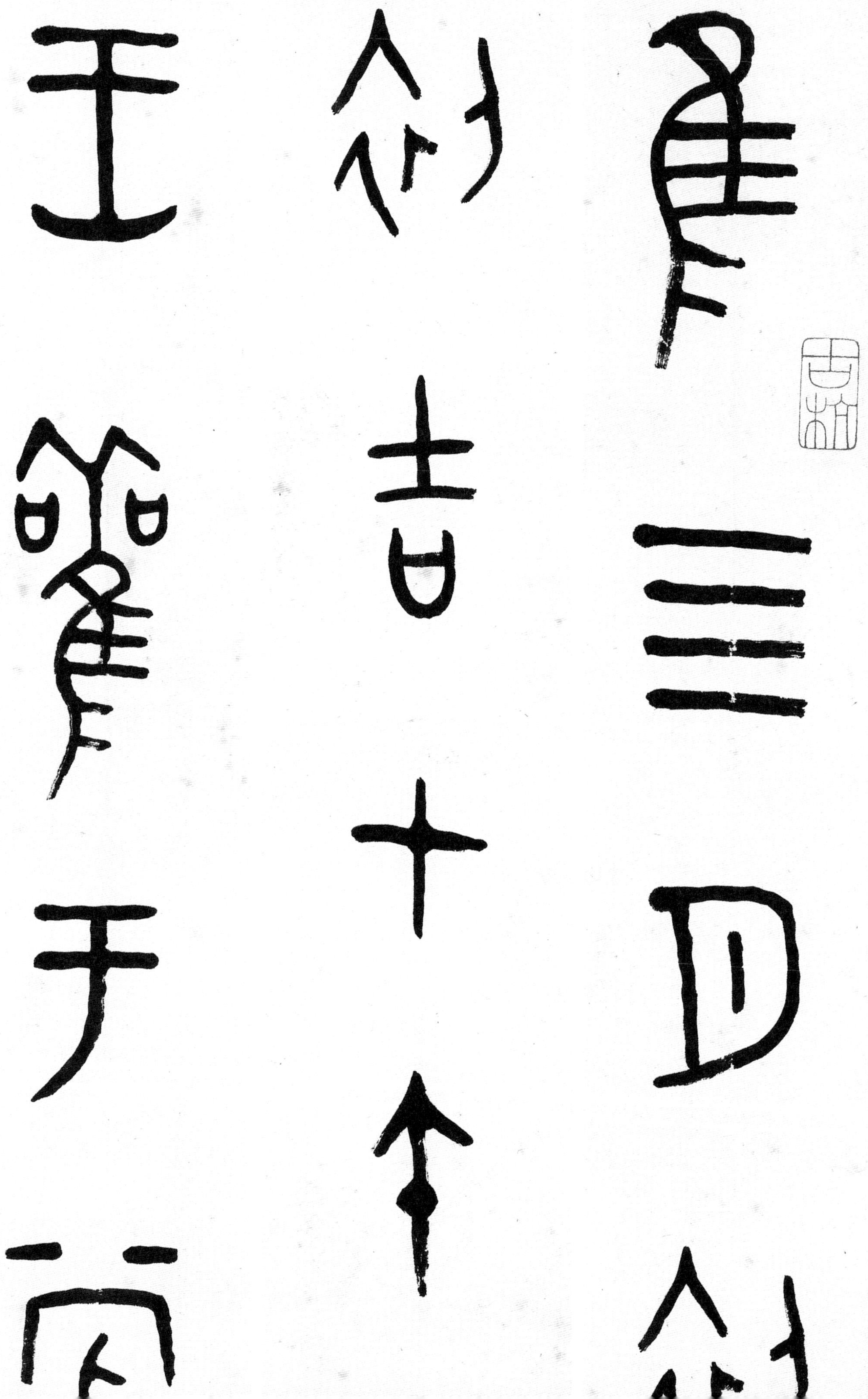

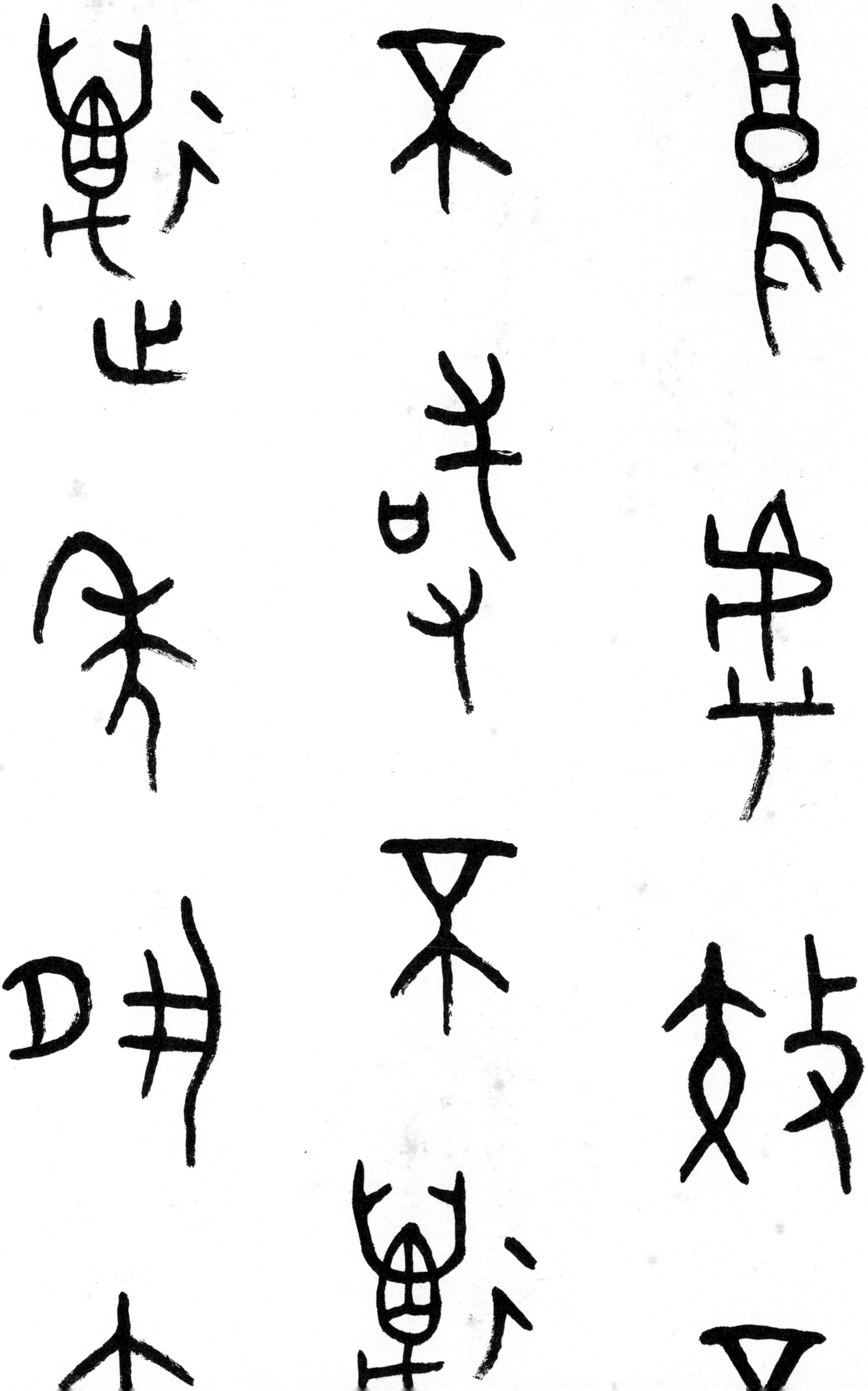

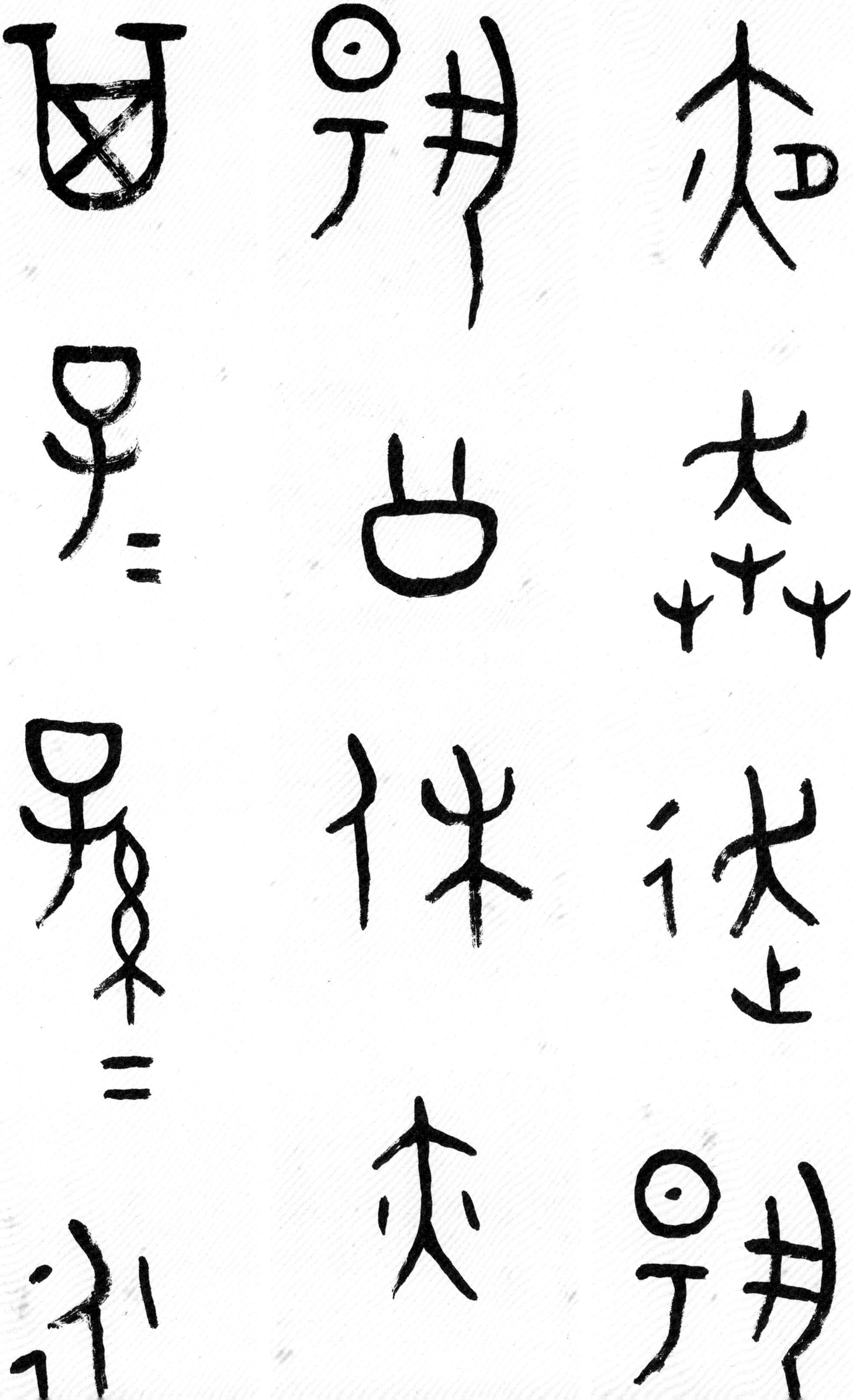

辵寶

臨福效

效卣銘文

福厂王禔

王禔私印

福厂六十後所書

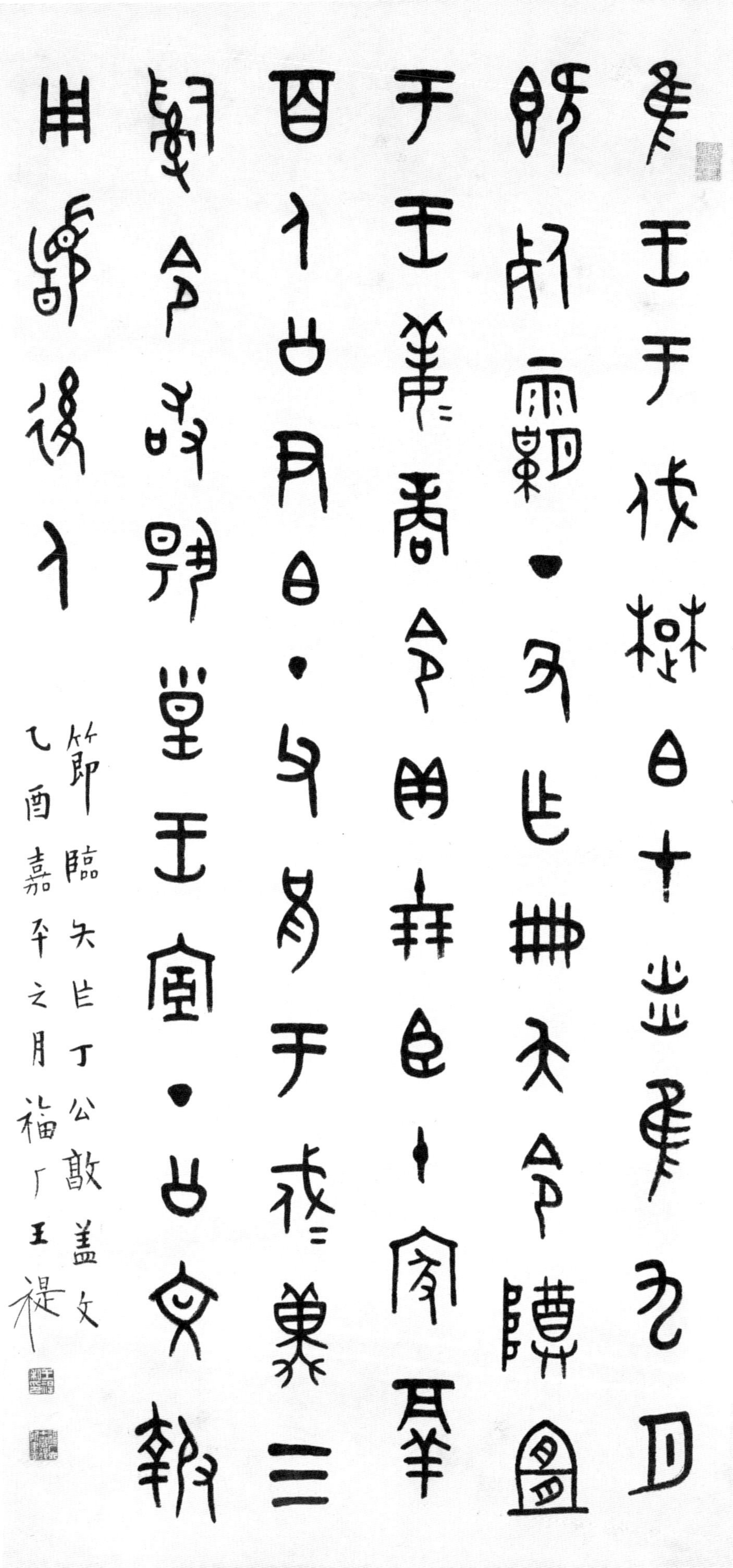
節臨矢乍丁公敦盖文
乙酉嘉平之月福厂王禔

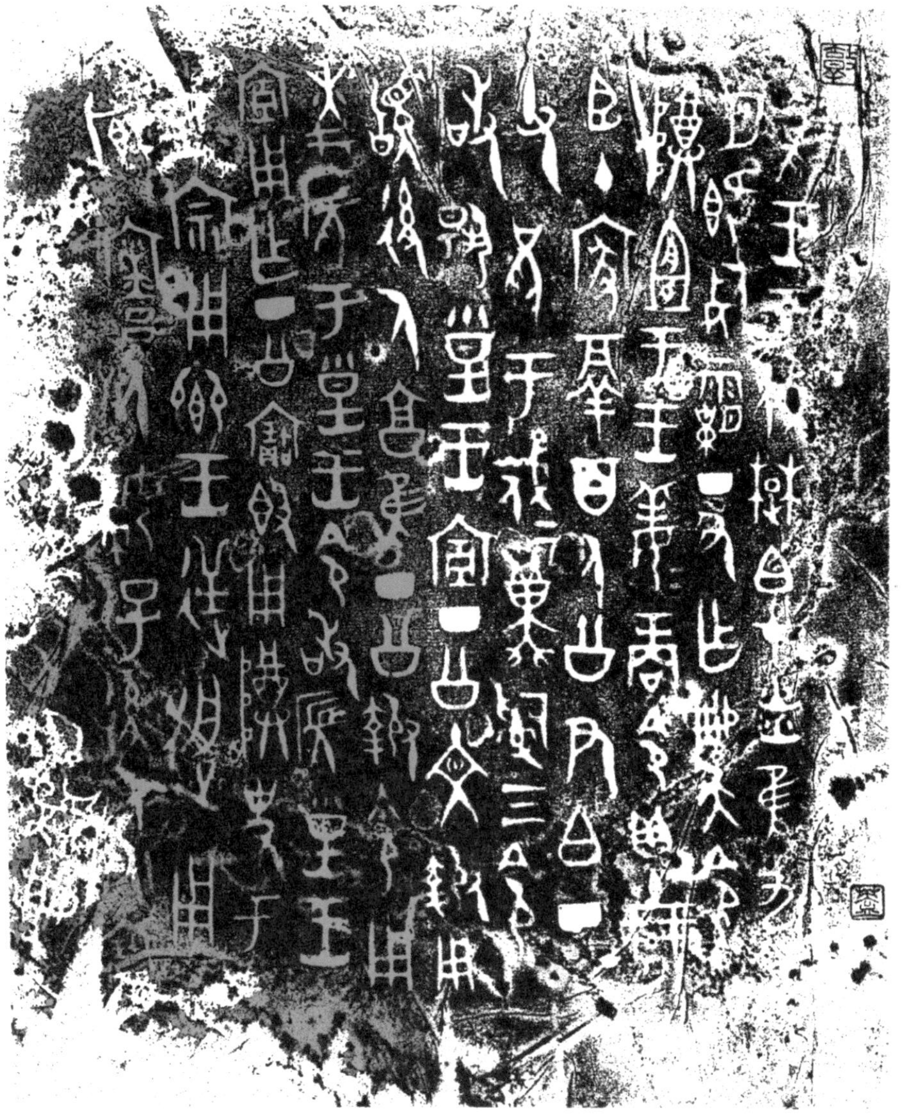

名称　节临《夨乍（作）丁公敦盖》铭文

尺寸　一〇〇厘米×四八厘米

释文　隹（唯）王于伐楚白（伯）才（在）炎。隹（唯）九月既死霸丁丑，乍（作）册夨令尊宜于王姜，姜商（赏）令贝十朋、臣十家、鬲百人，公尹白（伯）丁父兄（贶）于戍，戍冀乞辞[一]，令敢扬皇王贮，丁公文报，用稽后人。

节临《夨乍（作）丁公敦盖》文。乙酉嘉平之月，福厂王禔。

钤印　我生四遇岁朝春（朱）　王禔私印（白）　福厂六十岁后所书（白）

注释［一］　原字形为『嗣』，释作『辞』，见《重订直音篇·卷二·司部》。《夨乍（作）丁公敦盖》原器铭文顺序为『戍冀辞乞』。

年王于
後楚白十
十出年

大命𨽍

寧于王

[illegible]=舍命

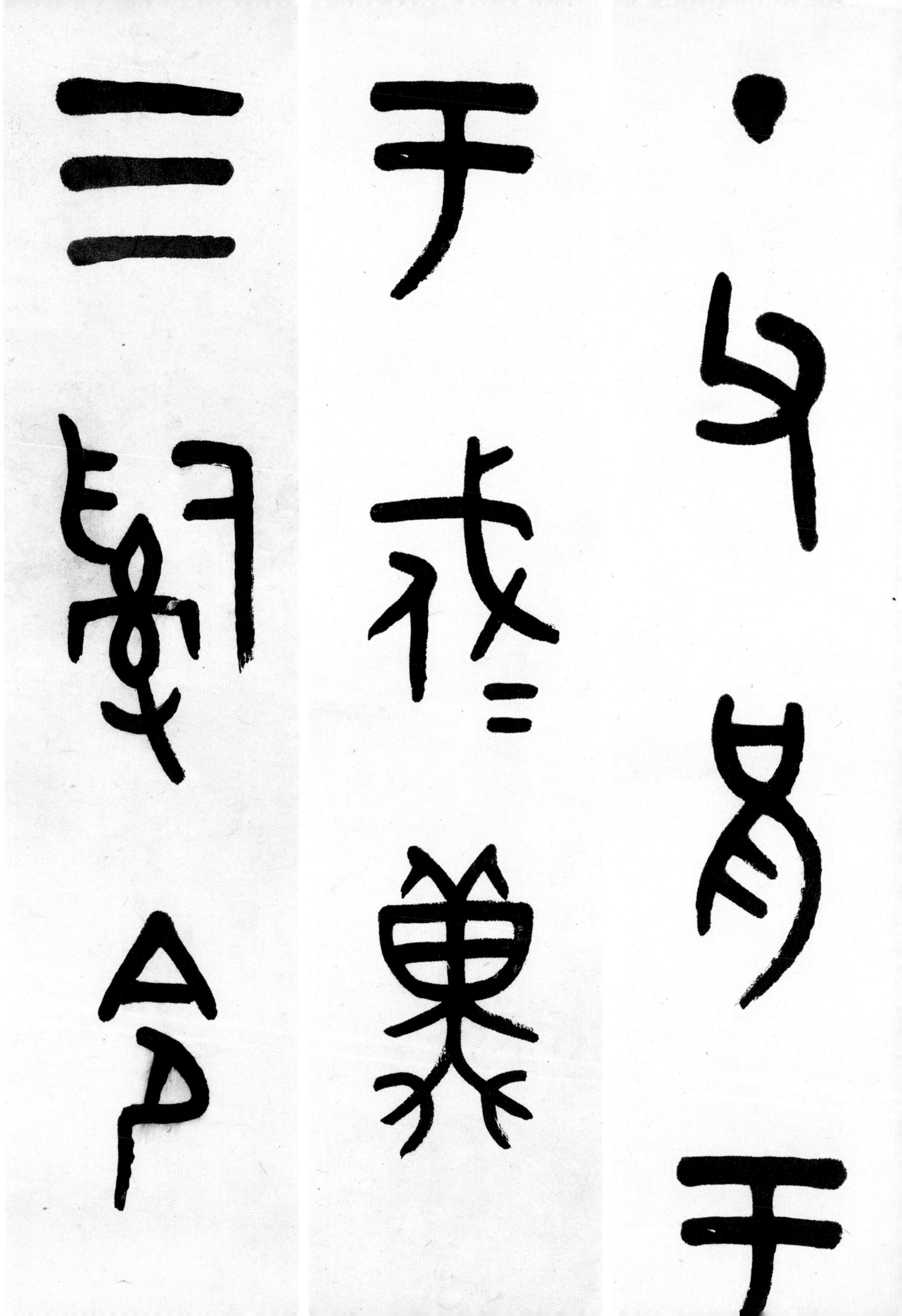

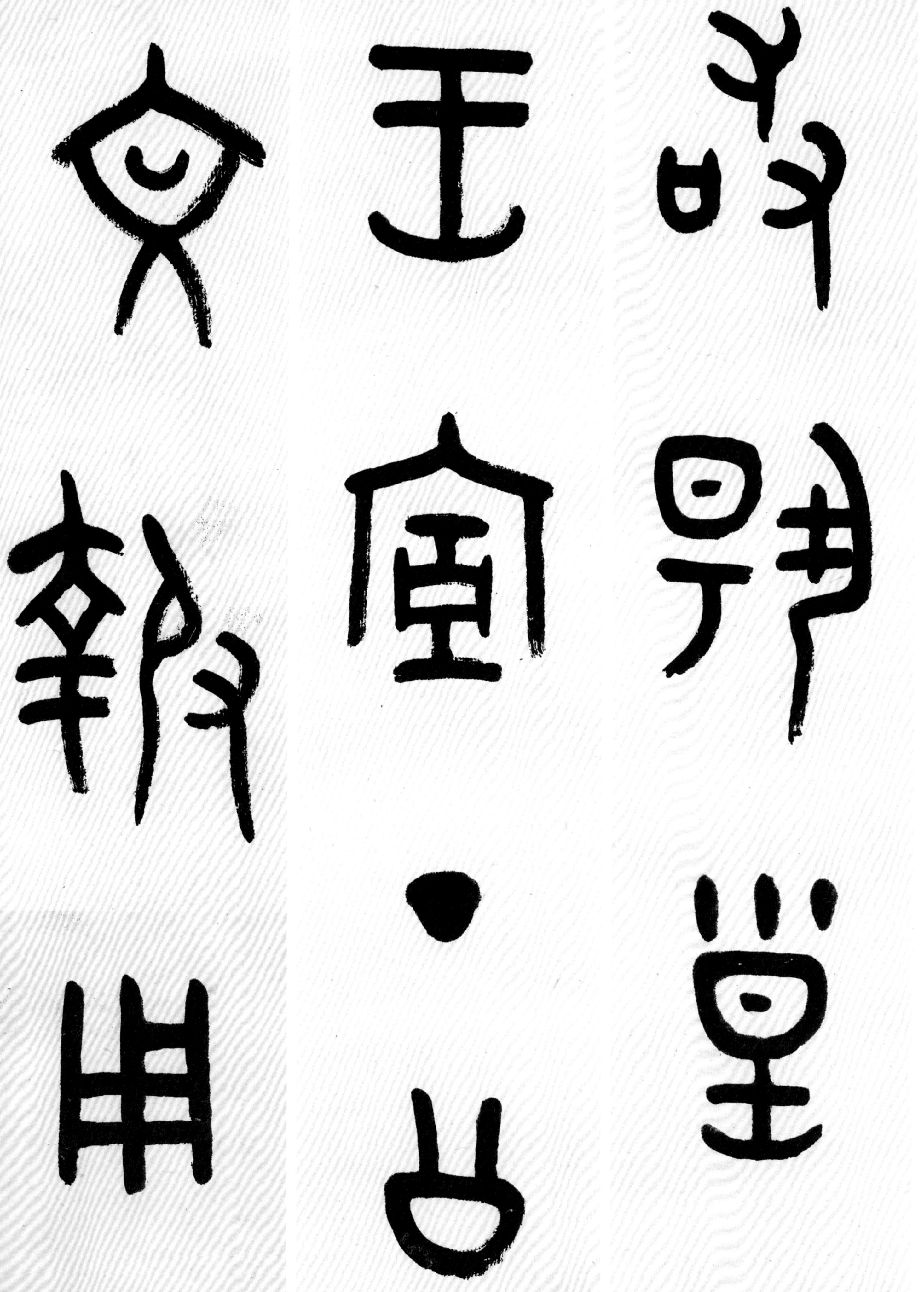

節臨矢旨丁公

乙酉嘉平之月福

公敦蓋文

福厂王禔

丁亥嘉平月節臨录伯戎敢盖文奉
辛伯先生法家屬 福厂王禔

西周中期　录伯㦰簋盖【录伯戒（㦰）敦盖】

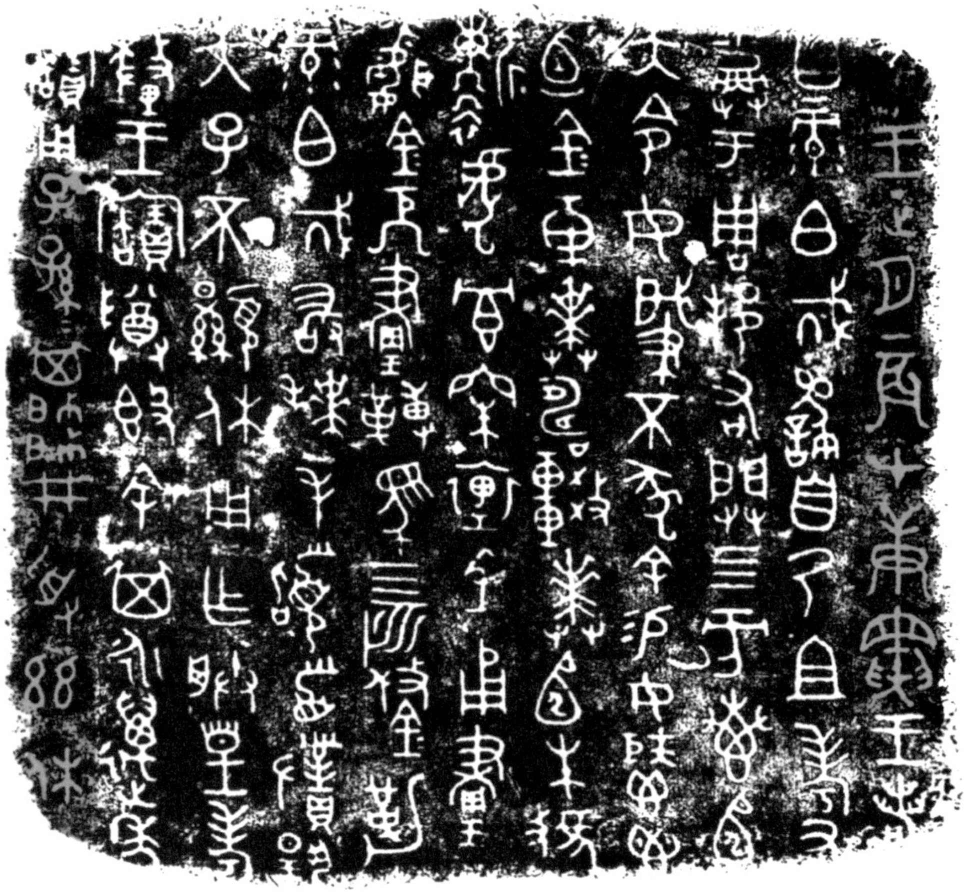

名称　节临《录伯戒（㦰）敦盖》铭文

尺寸　一二〇厘米×五六厘米

释文　王若曰：录白（伯）戒（㦰），繇自乃且（祖）考，又（有）爵于周邦，右（佑）辟四方，惠鞃天令（命）。女（汝）肇不彖（坠），余易（赐）女（汝）秬鬯一卣。金车、贲帱（帱）较贲鞃朱虢（鞹）、靳、虎冟（幂）朱[一]里。金甬（筒）画輴，金厄（軛）画转马三匹，鋚勒。录白（伯）戒（㦰）敢拜手稽首，对扬天子丕显休，用作朕皇考釐王宝尊簋（敦），[余]其万年宝用。丁亥嘉平月，节临《录伯戒敦》盖文，奉辛伯先生法家嘱。福厂王禔。

钤印　麋研斋（朱）　王禔私印（白）　福厂六十岁后所书（白）

注释　[一]原字形为『宷』。

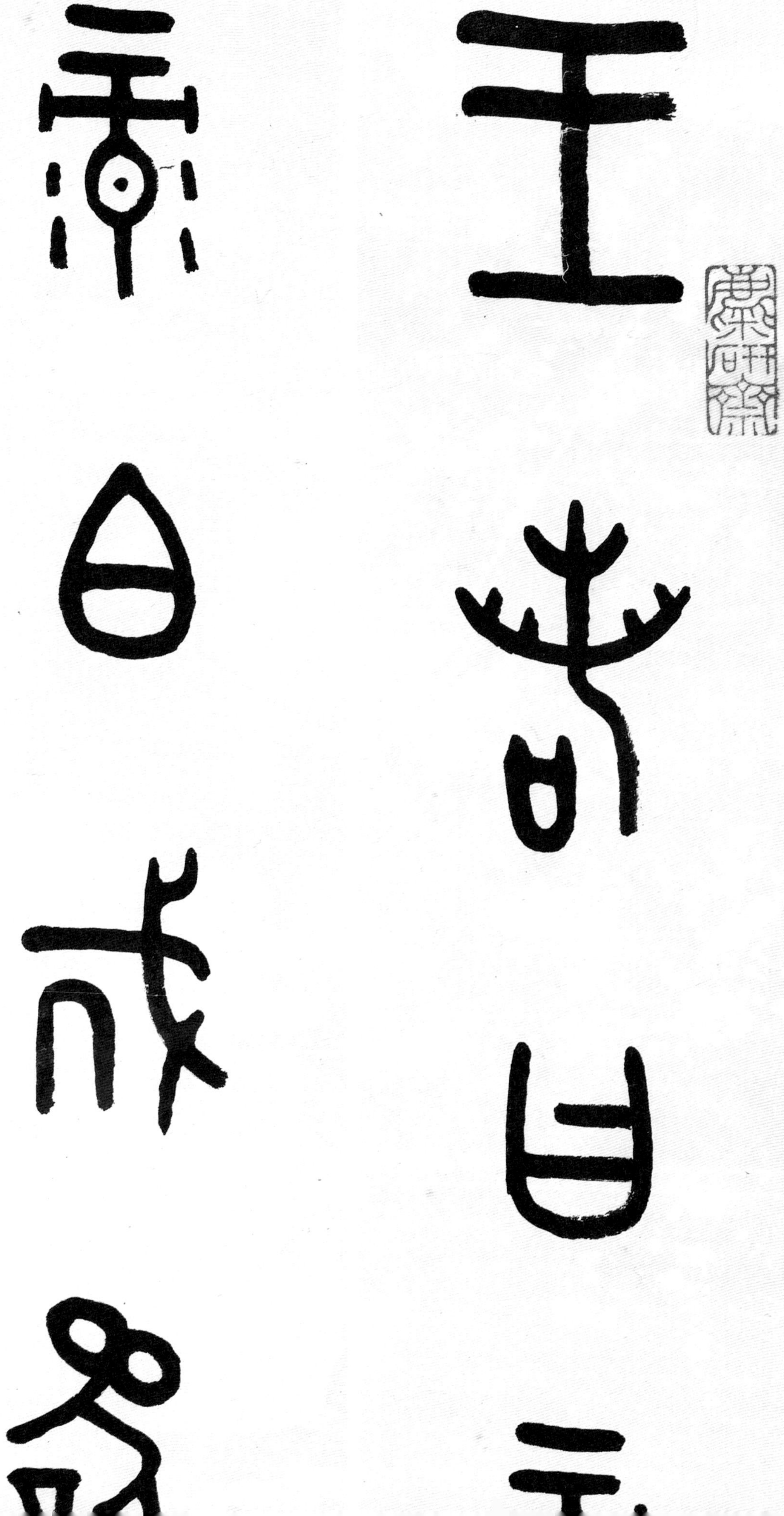

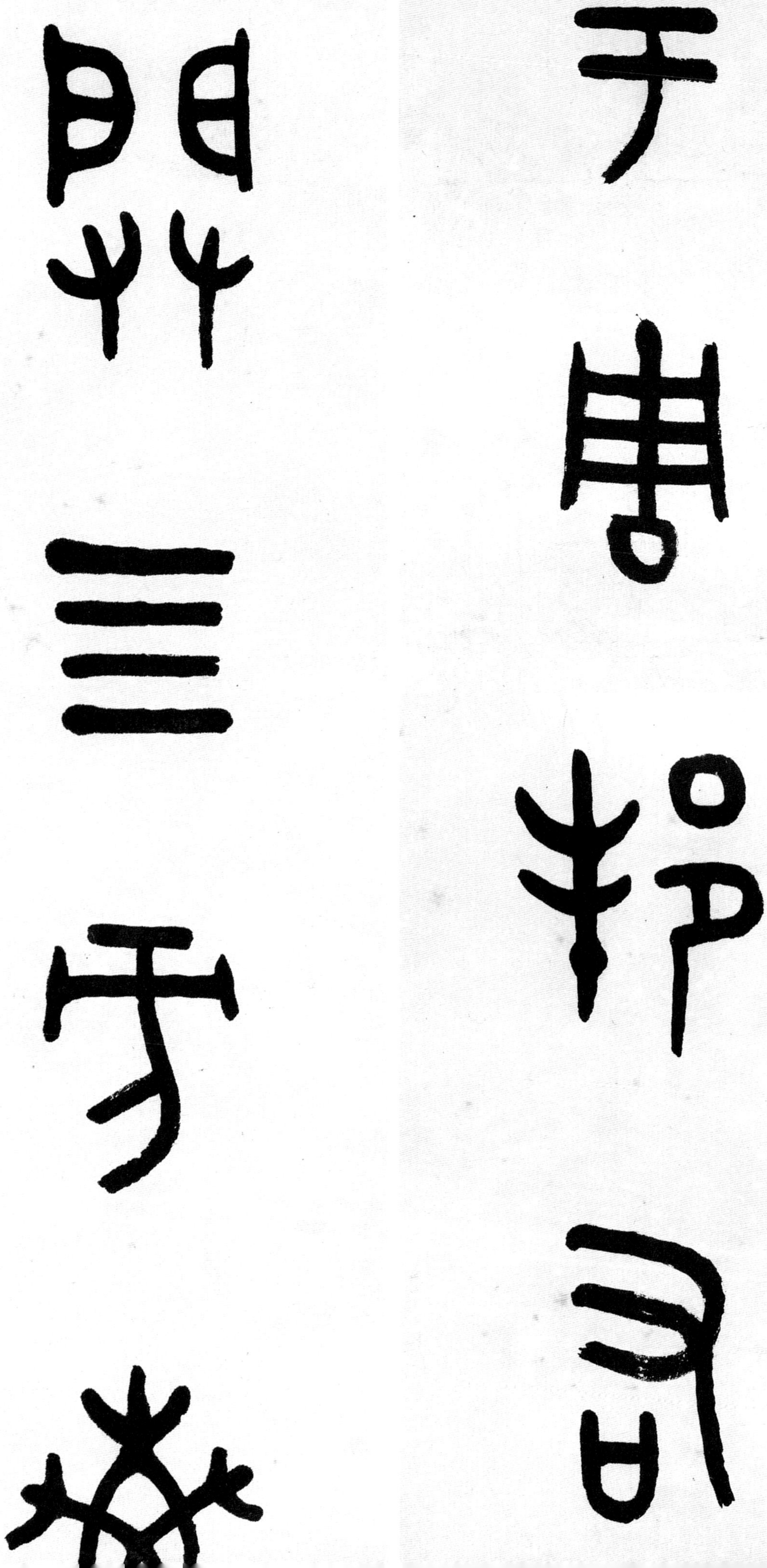

不
亳
余
尹

中
琴
㽞
一

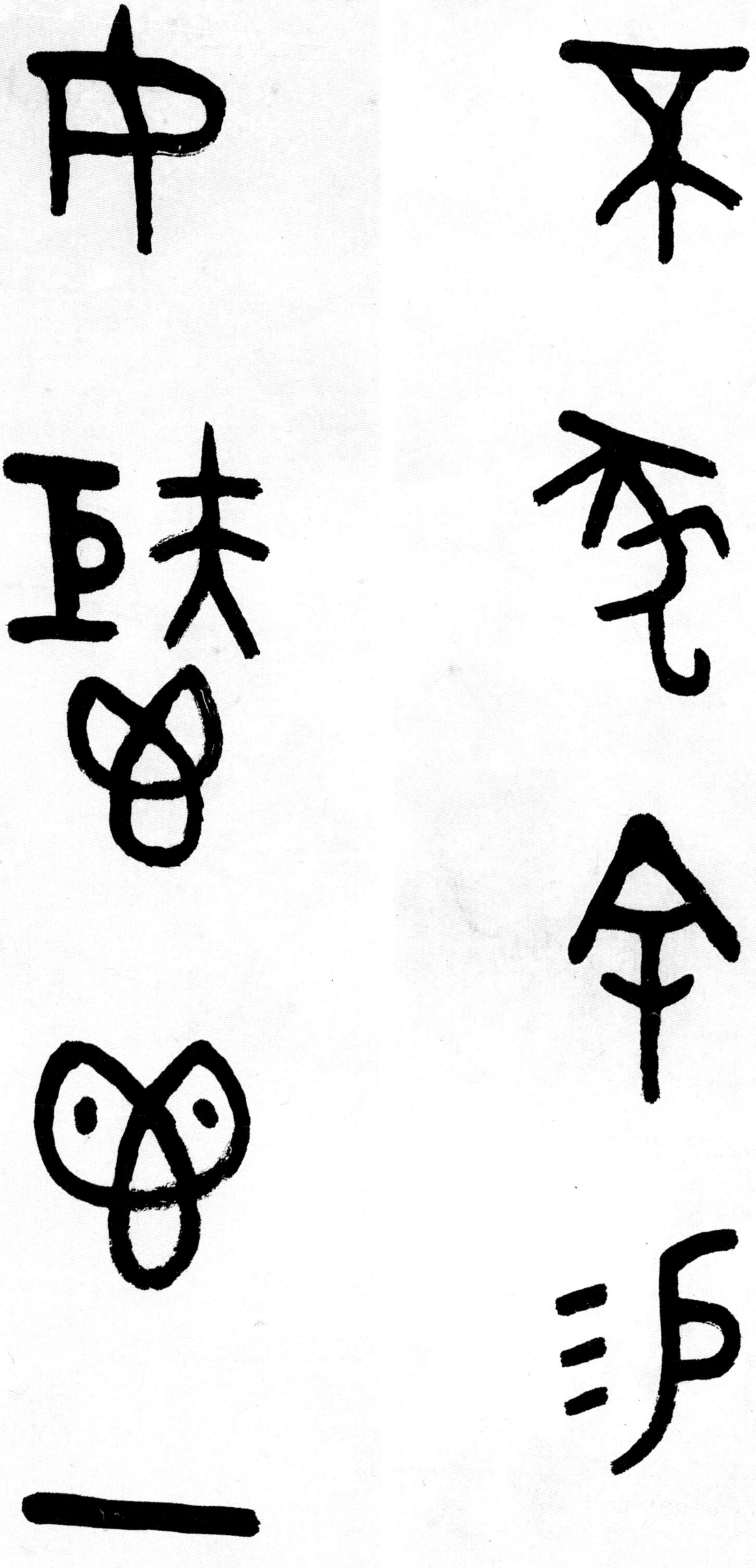

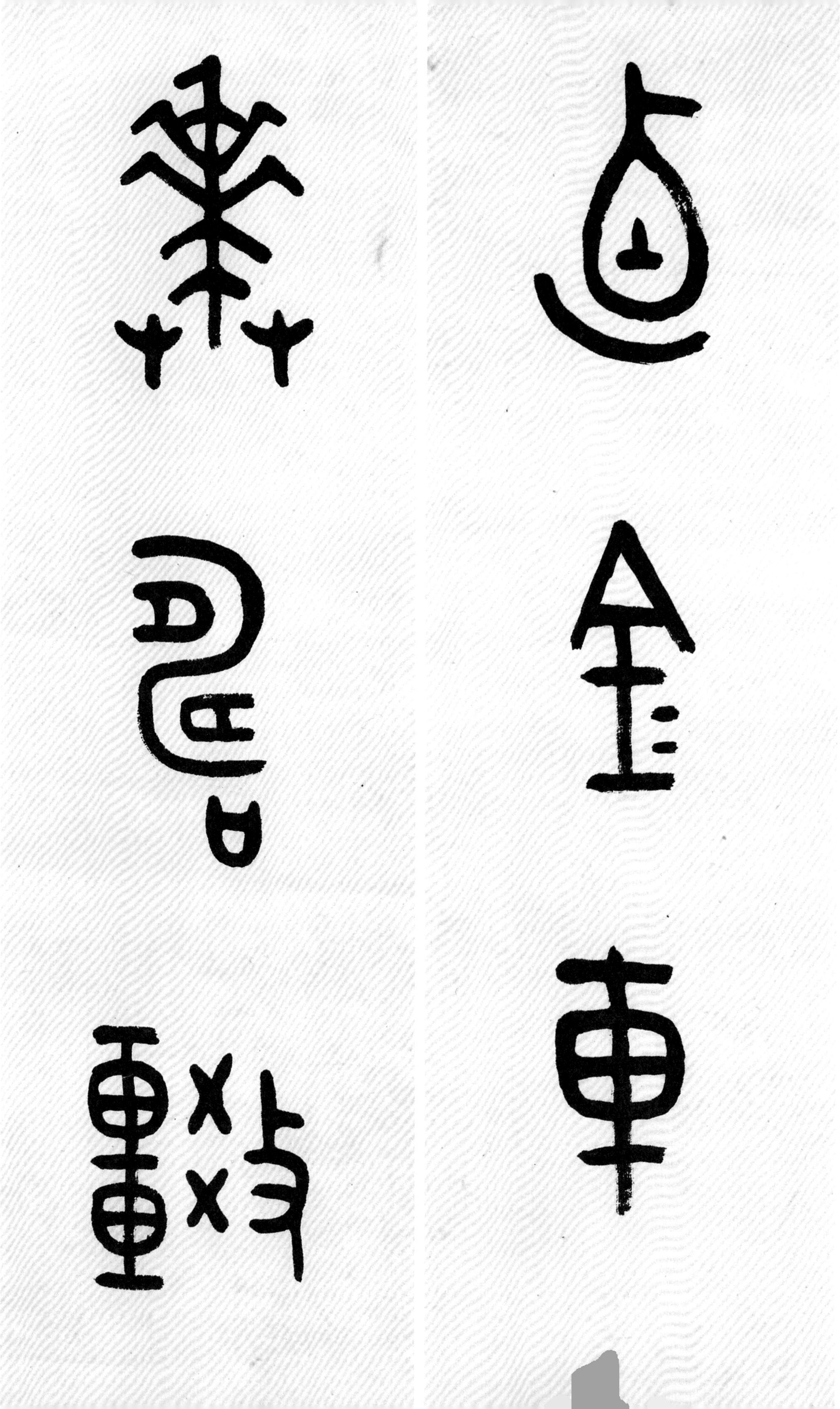

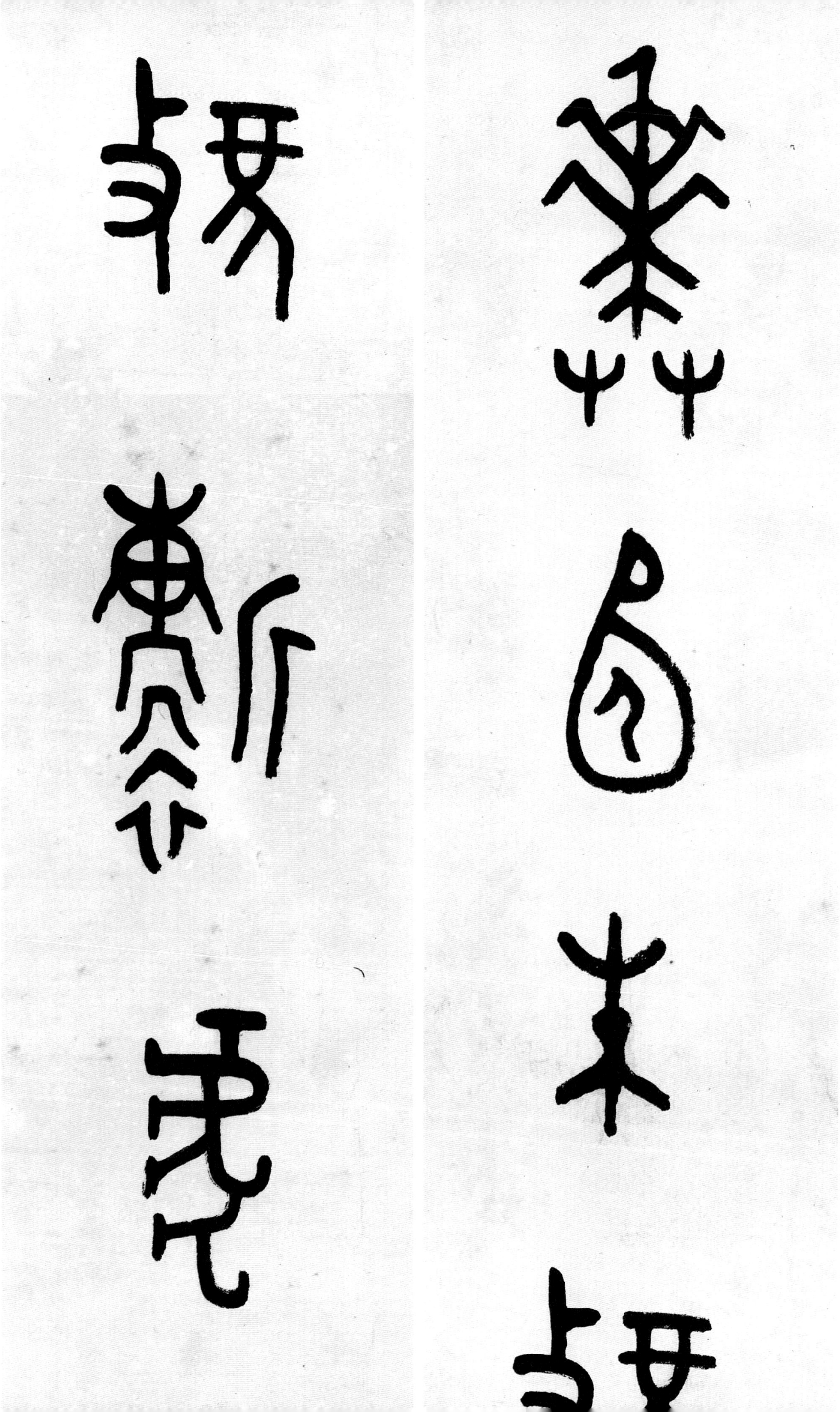

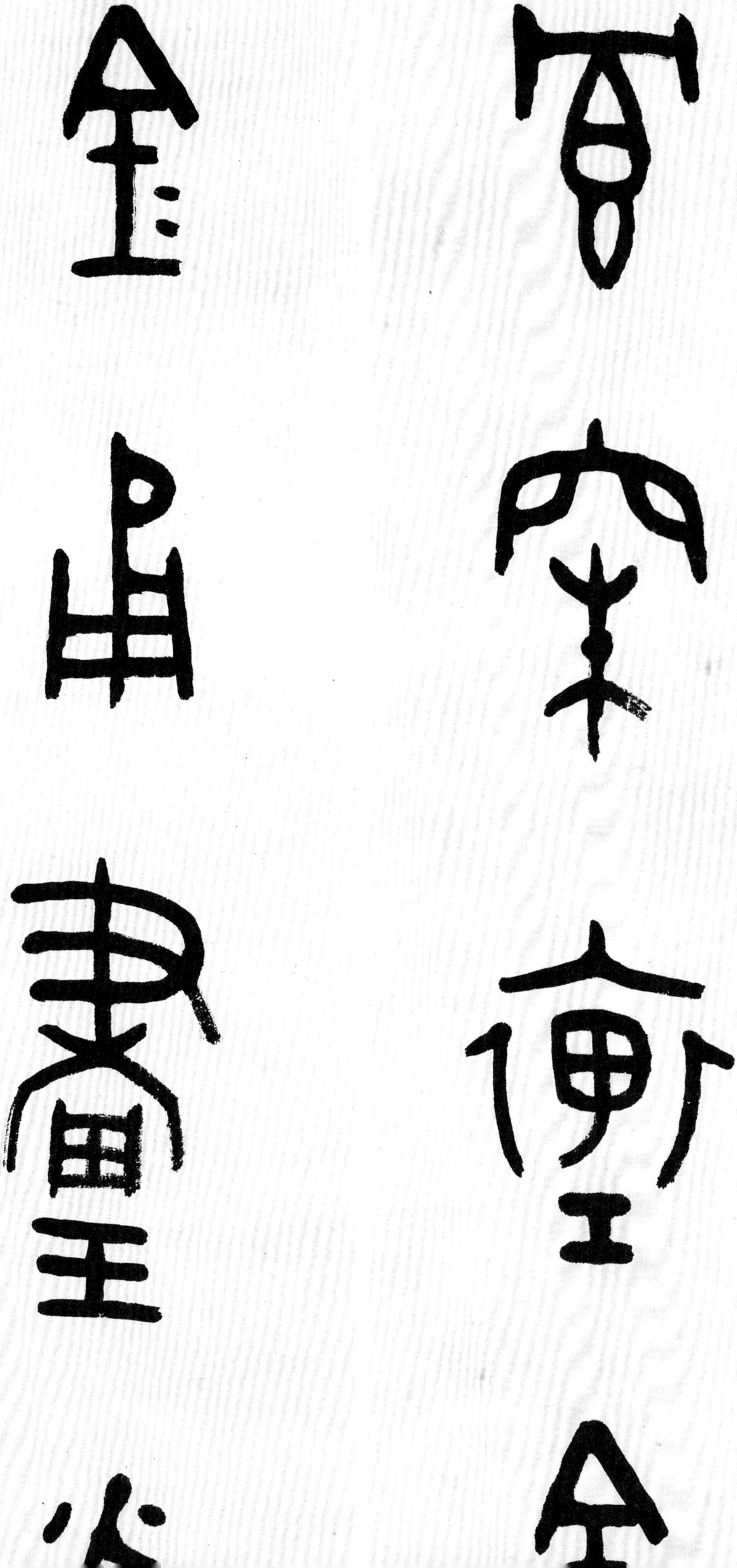

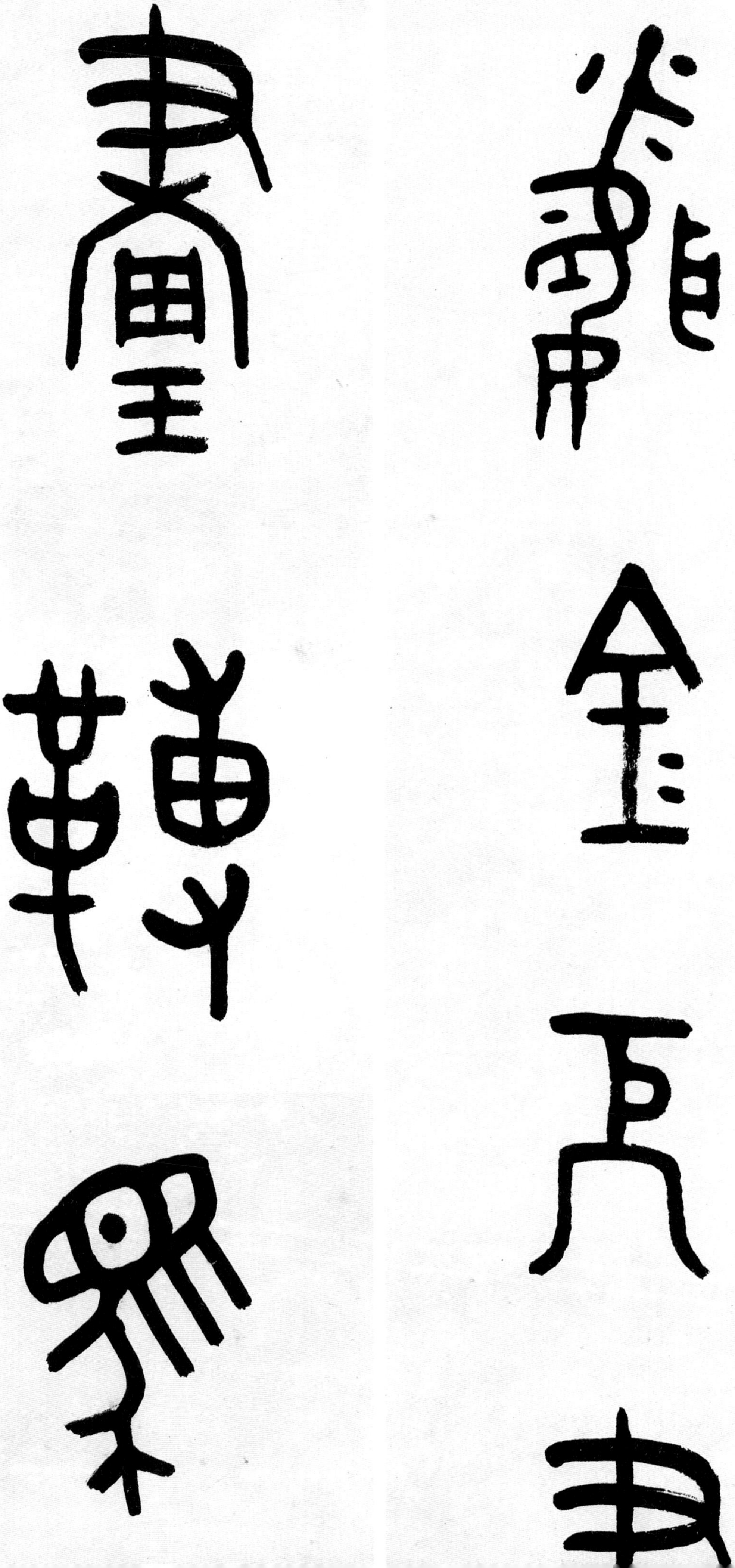

陽

鍾

萬

帝

日

戌

君

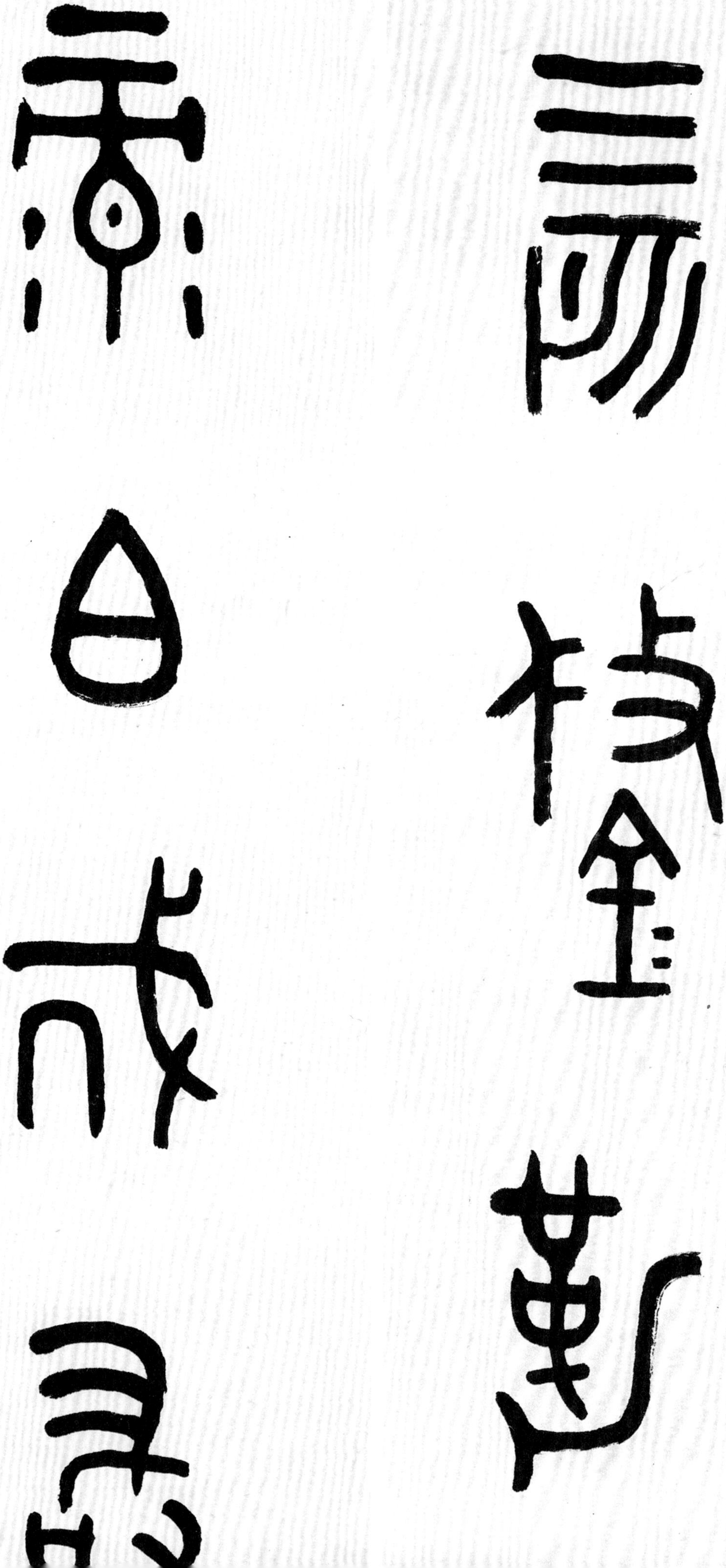

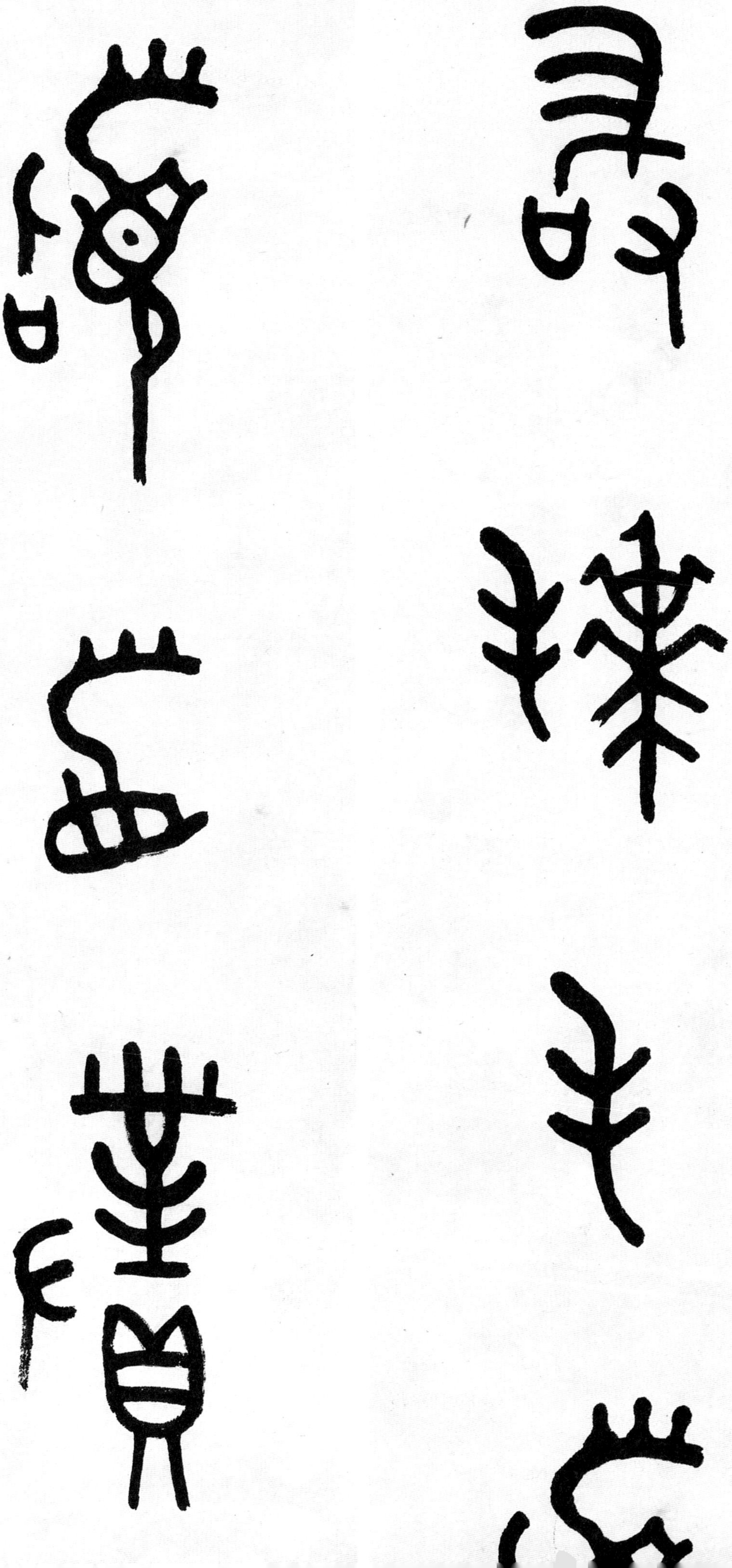

用乍朕皇
考釐王

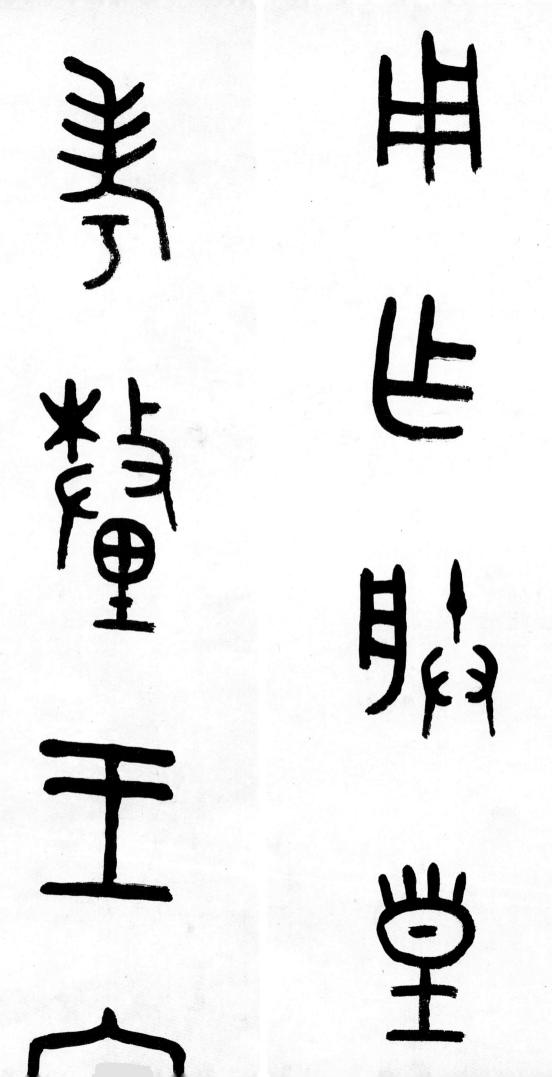

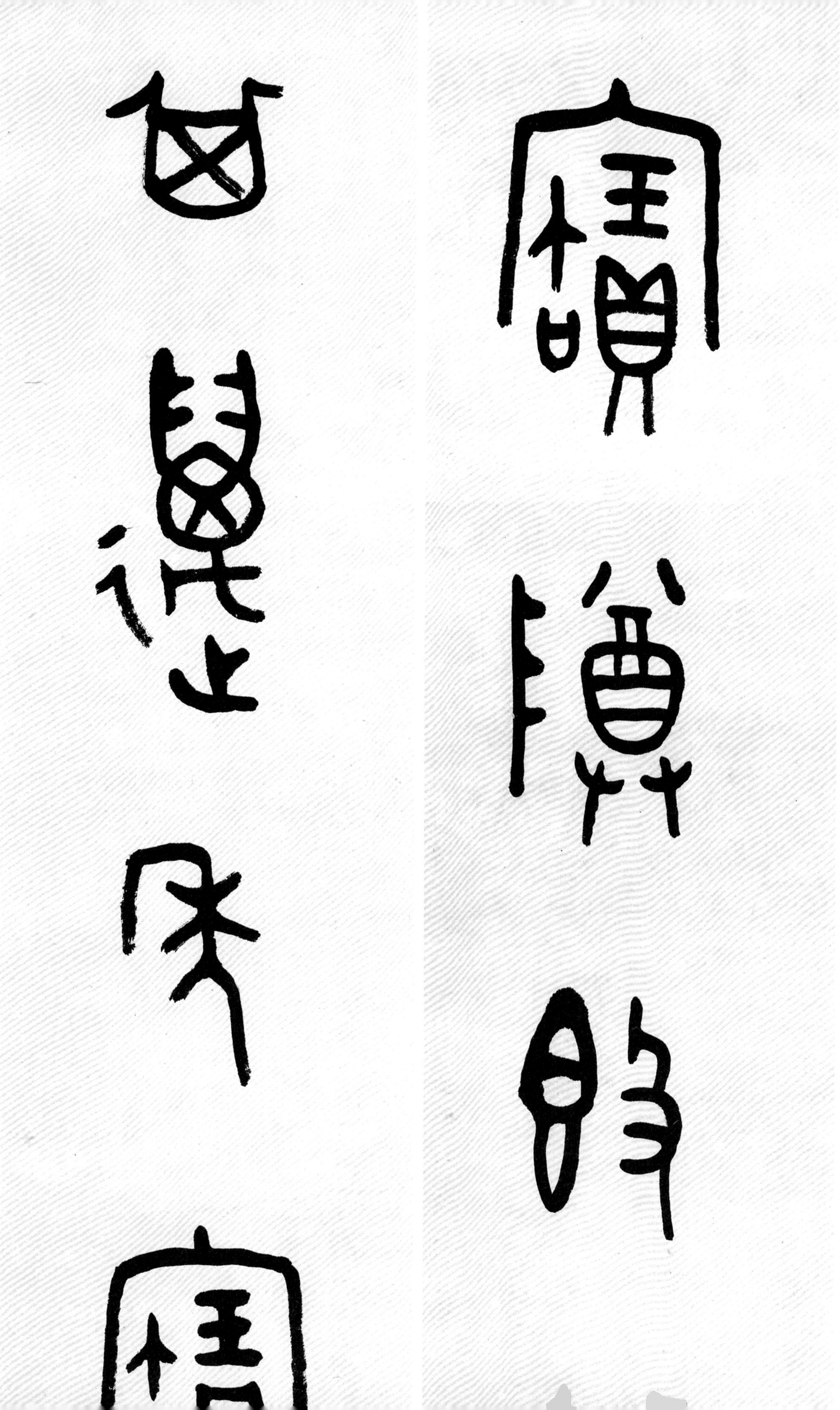

寶用

丁亥

辛伯

丁亥嘉平月節臨朵

伯先生法家屬　福

图书在版编目（CIP）数据

王福厂临金文六种 / 王福厂书 ; 戴丛洁编. -- 杭州 : 西泠印社出版社, 2020.3（2020.03重印）
（名家真迹法书集）
ISBN 978-7-5508-2967-1

Ⅰ. ①王… Ⅱ. ①王… ②戴… Ⅲ. ①金文—法书—作品集—中国—现代 Ⅳ. ①J292.28

中国版本图书馆CIP数据核字（2020）第020870号

名家真迹法书集

王福厂临金文六种

王福厂 书　戴丛洁 编

出品人　江吟
品牌策划　来晓平
责任编辑　谭贞寅
责任出版　李兵
责任校对　徐岫
装帧设计　戎选伊
出版发行　西泠印社出版社
（杭州市西湖文化广场三十二号五楼　邮政编码　三一〇〇一四）
经销　全国新华书店
制版　杭州集美文化艺术有限公司
印刷　杭州富春电子印务有限公司
开本　八八九毫米乘一一九四毫米　十六开
字数　一〇〇千
印张　四点五
印数　五〇〇一—八〇〇〇
书号　ISBN 978-7-5508-2967-1
版次　二〇二〇年三月第一版　第二次印刷
定价　肆拾捌元

西泠印社出版社发行部联系方式：（〇五七一）八七二四三〇七九